AILROAD COMPANY
1865
CANADIAN RIVER
FORT SIL
ROSWELL
BRÜCKE
ALTER INDIANER FRIEDHOF
ÖLFELD
NEW YORK
SCALE OF STATUTE MILES.
0 5 10 20 30 40 50 60 70 80 90 100
M N O P Q R S T U V W
111° 110° 109°
34° 33°
36° 35°
1 2 3 4 5 6 7 8 9 10 11 12 13 14
E PLURIBUS UNUM
MONTICELLO
UNITED STATES OF AMERICA

WINNETOU
EINE NEUE WELT

DER ROMAN ZUM GLEICHNAMIGEN FERNSEH-EVENT

WINNETOU
EINE NEUE WELT

erzählt von Tinka Edel

Rat Pack Filmproduktion KOSMOS RTL

Umschlaglayout: Robert Rohde, Hamburg, unter Verwendung der Fotos von
© Benno Kraehahn
© RTL TELEVISION/RTL INTERACTIVE

Bildtafeln:
Fotografen: Nikola Predovic/Wolfgang Ennenbach
Foto-Copyright: © 2016 RTL Television/RatPack Filmproduktion/
Rialto Film/ Tabbenoca/Mythos Film/ Beta

Basierend auf dem Spielfilm »Winnetou – Ein neue Welt« von Philip Stölzl
und dem Drehbuch von Jan Berger
Eine Rat Pack Filmproduktion im Auftrag von RTL Television
© 2016 Rat Pack Filmproduktion/Rialto Film/Mythos Film/Tabbenoca/
Marcus Englert/Beta Film/
© RTL Television 2016, vermarktet durch RTL interactive GmbH

FSC
www.fsc.org
MIX
Papier aus verantwortungsvollen Quellen
FSC® C014496

ISBN 978-3-440-15281-2
Redaktion: Ina Lutterbüse
Lektorat: Claudia Müller
Produktion: Verena Schmynec
Innenlayout und Satz: DOPPELPUNKT, Stuttgart
Druck und Bindung: GGP Media GmbH, Pößneck
Printed in Germany/Imprimé en Allemagne

PROLOG

Der Schweiß lief Karl über die Stirn. Die Hanfseile schnitten ihm in die Handgelenke. Seine Hände waren über dem Kopf gefesselt und er stand in einem Apachendorf am Marterpfahl. Seine Beine zitterten. Er hatte Angst. Mehr als jemals in seinem ganzen Leben. Aber bisher war er ja auch noch nie an einen Marterpfahl gebunden worden.

Die Sonne war schon vor Stunden untergegangen und die Apachen um ihn herum verschwanden im Dunkeln. Sie diskutierten in ihrer Sprache. Karl konnte nicht verstehen, was sie sagten. Wahrscheinlich berieten sie darüber, ob sie ihm nun sofort oder erst später den Garaus machen sollten.

Der gesamte Stamm hatte sich um ihn versammelt. Einige Indianer riefen laut durcheinander, andere schlugen auf Trommeln. Sie waren wütend, und Karl konnte es ihnen nicht verdenken – auch wenn er selbst unschuldig war. Winnetou, der Sohn des Apachen-Häuptlings, sah das allerdings anders: Für ihn waren alle Weißen Feinde.

Die Flammen des Feuers in der Mitte des Versammlungsplatzes warfen flackernde Schatten auf Winnetous Gesicht. Seine Kriegsbemalung ließ ihn äußerst Furcht einflößend wirken. Gerade hatte er ein paar Worte zu seinem Volk gesprochen. Winnetou klang verärgert. Die zustimmenden Rufe und das Anfeuerungsgeheul seines Stammes verhießen nichts Gutes.

Winnetou ging langsam auf Karl zu. In der Hand des Indianers blitzte die Klinge eines langen Messers auf. Karl schluckte und sah sich entsetzt um. Sein Blick fiel auf die junge Apachin, die mit verschränkten Armen etwas abseits neben ihrem Vater stand und das Geschehen beobachtete: Nscho-tschi, die Schamanin des Stammes, Winnetous Schwester. Sie war die Einzige, die ihm zugehört, die mit ihm geredet hatte. Die Einzige, bei der Karl das Gefühl hatte, sie vertraue ihm. Ihr verdankte er, dass er überhaupt noch am Leben war. Doch vielleicht würde dieses Leben jetzt schneller zu Ende sein, als ihm lieb war. Ihm musste etwas einfallen. Sofort.

KAPITEL 1

Karl verstaute seinen schweren Koffer im Zugabteil und ließ sich auf den gepolsterten Sitz fallen. Er nickte der älteren Dame, die ihm gegenüber saß, freundlich zu. Sie trug ein blaues Kleid mit Spitzenkragen und einen Hut mit großer Schleife. Ein bisschen erinnerte Karl die Schleife an eine Geschenkverpackung. Viele Menschen, die er seit seiner Ankunft in New York gesehen hatte, schienen eine Vorliebe für Hüte zu haben. Seine Mitreisenden in Richtung Westen waren da keine Ausnahme.

Amerika – wie lange war das Land nur eine Fantasie gewesen, ein Traum! Doch Karl hatte all seinen Mut zusammengenommen und seine Heimat verlassen. Die Reise war lang, und bis er in Roswell ankäme, der kleinen Siedlung am Ende der Gleisstrecke, würden noch viele weitere Stunden vergehen. Trotzdem war er nicht müde.

Begeisterung und Neugierde vertrieben die Erschöpfung. Neugierde auf all das Neue, das auf ihn zukommen würde. Auf Erfahrungen, die er machen würde, auf Herausforderungen, denen er sich stellen wollte.

Er dachte an den Moment, als er zusammen mit vielen anderen Menschen ganz unterschiedlicher Herkunft das Zollgebäude im Hafen von New York verlassen und den ersten Schritt auf den Boden des Landes gesetzt hatte, das seine neue Heimat werden sollte. Seit diesem Augenblick war er sich sicher: Hier war so viel möglich! Hier konnte er etwas bewirken! Dies war seine Chance, ein anderer zu werden als der Beamte des Königlich Sächsischen Grundbauamts. Er würde nicht nur am Schreibtisch sitzen, und er müsste seinen Bürostuhl nicht länger mit dem Rücken zum Fenster ausrichten, um Ablenkungen zu vermeiden. Bald wäre er draußen unterwegs, würde Brücken und Tunnel planen und überwachen. Eine neue Arbeit wartete auf ihn. Und ein neues Leben. Er würde mithelfen, den Fortschritt in dieses Land zu bringen, das noch so viele Chancen hatte.

Als die Lok ein hohes Pfeifen ausstieß und erst langsam, dann immer schneller aus dem Bahnhof fuhr, konnte Karl nicht anders, er musste lächeln. Viele Meilen Schienen lagen vor ihm. Und es galt, mindestens genauso viele weitere zu verlegen. Dafür hatte ihn die Central Pacific Railroad Company angeheuert. Als Ingenieur würde er helfen, die Strecke quer durch das unermesslich große Land auszubauen. Eine verantwortungsvolle Aufgabe – wie für ihn gemacht.

Das Rattern der Räder unter seinem Sitz, das regelmäßige Tuten der Lok von weiter vorn, all das klang verheißungsvoll in seinen Ohren.

Die vornehme Dame mit dem außergewöhnlichen Hut betrachtete ihn interessiert. Es fiel ihr offensichtlich schwer, sich ein klares Bild von Karl zu machen. Seine helle Haut und die gepflegten Finger verrieten, dass er sein Geld nicht mit schwerer körperlicher Arbeit verdiente. Sein dunkler Anzug war gepflegt, aber zerknittert und sprach von einer langen, beschwerlichen Reise. Das ordentlich gescheitelte blonde Haar ließ ihn etwas brav erscheinen und die ungewöhnlich hellen Augen wiesen auf einen schnellen Verstand hin.

»Fahren Sie auch bis Oklahoma City?«, wollte sie wissen.

Karl lächelte. »Noch ein bisschen weiter.«

»Etwa bis nach Amarillo?« Sie klang besorgt. Als sei Oklahoma die letzte Bastion der Zivilisation und Amarillo bereits unsicheres Pflaster.

»Nein, noch weiter«, sagte Karl.

Die vornehme Dame sah ihn erstaunt an. »Aber die Strecke endet mitten in der Wildnis!«

»Das hoffe ich. Sonst bräuchte die Central Pacific Railroad Company keine neuen Mitarbeiter mehr einzustellen.«

Das erste Mal, seit er mit dem Schiff in New York angekommen war, hatte er es laut ausgesprochen: Er, Karl May, Ingenieur aus Sachsen, war hier, um seinen Teil dazu beizutragen, die bisher längste Schienenstrecke der Welt zum Erfolg zu führen. Stolz strich er sich über den gestutzten Oberlippenbart.

»Haben Sie gar keine Angst vor den roten Bestien?« Die Frau beugte sich vor und flüsterte: »Sie reisen ins Indianerland.«

Karl schwieg. Er wollte keine Gerüchte über die Ureinwohner Amerikas hören. Er hatte fest vor, sich ein eigenes Bild von dem Land und seinen Bewohnern zu machen.

Nachdem er auch Amarillo hinter sich gelassen hatte, hielt der Zug immer seltener und Karl genoss den weiten Blick durch das Fenster. Hier, im Wilden Westen, schien die Prärie geradezu endlos, nur ab und zu wurde diese Weite von ein paar Büscheln staubigem Gras unterbrochen.

Die Sonne strahlte hell und der Himmel war ganz frei von dem Dunst, der üblicherweise über den Städten lag. Und sosehr Karl die Augen auch zusammenkniff, er konnte einfach nicht erkennen, wo das Land aufhörte und wo der Himmel begann, so weit spannte sich der Horizont.

»Majestätisch«, schoss es ihm durch den Kopf. Ein Wort, das er zu Hause nicht benutzt hätte, das er hier aber passend fand. Karl holte tief Luft. Er hatte das Gefühl, als erleichtere ihm der Anblick der naturbelassenen Weite auch das Atmen.

Dann beugte er sich plötzlich überrascht vor. Wie gedankenlos weggeworfen, lag ein Bündel bleicher Knochen neben den Schienen. Die Rippenbögen aufgestemmt, der Schädel von der Sonne gebleicht: das Skelett eines Büffels. Eigenartig. Karl reckte den Hals. Hatte er nicht gehört, dass Indianer – egal ob sie dem Stamm der Kiowas, Irokesen oder Apachen angehörten – niemals mehr von einem erlegten Tier zurückließen als das Herz, als Gabe für ihre Götter? Alles andere – Fell, Fleisch, Sehnen, selbst die Innereien und die Knochen – wurde einem nützlichen Zweck für das alltägliche Leben zugeführt.

Gebannt starrte Karl auf den immer kleiner werdenden Haufen Knochen. Entweder auch diese Information über die Indianer war nur ein Gerücht – oder aber jemand anders hatte das Rind erlegt. Ein nicht gerade beruhigender Gedanke.

KAPITEL 2

Roswell, Arizona. Streckenabschnitt 43 stand auf dem schief zusammengenagelten Schild des provisorischen Bahnhofs. Schnaufend und quietschend kam der Zug an seiner letzten Haltestelle zum Stehen. Statt eines Bahnsteigs gab es hier nur gestampfte Erde.

Karl trat hinaus in die Sonne und sah sich neugierig um. Alle seine Mitreisenden schienen genau zu wissen, wohin sie wollten. Karl nahm seinen Koffer und die Ledertasche und wollte ihnen folgen, als er plötzlich eine seltsame Gestalt bemerkte: Ein Mann kauerte auf der Umrandung des Holzbaus, der später einmal der Bahnhof werden sollte. Über der Weste des zerschlissenen Anzugs hatte er sich eine Art Brustschutz gebunden, der aus Holz oder Knochen zu bestehen schien. Eine speckige Melone, in deren tabakfarbigem Hutband einige Federn steckten, bedeckte zwei unordentliche, graue Zöpfe. Unter dem einen Arm klemmte eine fast leere Schnapsflasche. Den anderen hatte er ausgestreckt und hielt den Vorbeigehenden eine bittende Hand entgegen. »Einen Dollar, einen Dollar, einen Dollar«, murmelte er, doch niemand beachtete ihn. Die Menschen hier sahen nicht einmal in seine Richtung, als seien sie seinen abgerissenen Anblick gewohnt.

Karl blinzelte überrascht. Dass er seinen Blick nicht abwandte, schien der Alte als Aufforderung zu sehen. Unsicher stand er auf und torkelte auf Karl zu.

Karl stellte seine Tasche ab und suchte einen Dollarschein heraus. »Bitte schön.«

Blutunterlaufene Augen starrten Karl an, als versuchte der Alte vergeblich, klar zu sehen. Die wilde Mischung seiner Kleider, das ungewöhnlich tiefe Schwarz einzelner Haarsträhnen, die nicht bereits grau geworden waren, und sein wettergegerbtes Gesicht ließen Karl ahnen, dass dies seine erste Begegnung mit einem Indianer war. Einem Indianer, dem das Schicksal nicht besonders gnädig gewesen zu sein schien. Das Schicksal oder aber das Zusammenspiel zweier Kulturen, die nicht viel gemeinsam hatten. Karl war sich nicht sicher. Das Geld in seiner Hand schien Leben in den Mann zu bringen.

Karl nahm seinen Koffer auf. Unter seinen Schuhen knirschte der festgestampfte Schlamm.

Karl sah sich um. Überall standen Zelte um die wenigen Häuser – die gerade einmal bessere Bretterbuden waren. Er mischte sich unter die Bewohner Roswells. Ein Schlachter zerlegte unter dem schmutzigen Dach einer Plane einen Schweinekadaver, den er anbot, als handele es sich um eine französische Delikatesse. Ein Schreiner hobelte Särge, sein Geschäft schien gut zu laufen. Viele Leute liefen zielstrebig durch Roswell, sie schienen jede Menge zu tun zu haben. Sie alle waren auf dem Weg zu ihren Arbeitsstellen und man sah ihnen an, dass Luxus hier keinen Platz hatte. Wie der Ort selbst hatten sie die Zukunft noch vor sich.

Wenn alles nach Plan verliefe, würde er genau dafür sorgen. Karl straffte die Schultern. In seinem vergleichsweise sauberen Anzug fühlte er sich allerdings etwas fehl am Platz. Wenn er nicht gleich als das Greenhorn, das er war, auffallen wollte, sollte er sich bald andere Kleidung besorgen. Ein Hut allerdings, wie ihn hier alle trugen, würde ihm nicht auf den Kopf kommen. Er war kein Typ für Kopfbedeckungen!

Neugierig lief er über die Hauptstraße auf das einzige zweistöckige Gebäude zu. Es lag am Hang, von dort hatte man sicher einen guten Blick über ganz Roswell. Ein Holzschild wies es als Sitz seines neuen Arbeitgebers aus: der Central Pacific Railroad.

»Na, Hübscher, haste dein' Hut verloren?«, hielt ihn eine amüsierte Stimme auf, und Karl drehte sich verwundert um. Vor ein paar kleinen Zelten saßen drei Frauen und musterten ihn neugierig.

Etwas unsicher strich sich Karl über die Haare. Er trug nie einen Hut. Er war einfach nicht der Typ dafür. Aber offenbar war er anhand dieser Tatsache tatsächlich sofort als Neuling zu erkennen. »Entschuldigen Sie mich, meine Damen, aber ich bin auf der Suche nach meinem Arbeitgeber.«

Die Rothaarige des Trios – eine echte Schönheit und offenbar die Chefin der Frauengruppe – lachte amüsiert: »Glaubst du etwa, wir stehen hier zum Spaß?« Mit herausforderndem Grinsen unterzog sie ihn einer genauen Inspektion. »Ich und meine Mädels ackern für unsre paar Dollar härter als jeder versoffene Schienenleger! Verdammt, wir sollten eigentlich 'ne Gewerkschaft gründen!«

Die anderen beiden Frauen lachten.

Karl musste an seinen Vater denken. Auch er war für die Gewerkschaft eingetreten und hatte gehofft, Arbeitsbedingungen zu verbessern. Aber zu welchem Preis? Nicht alle Arbeitgeber sahen es gern, wenn ihre Untergebenen sich organisierten. Einige griffen dann unverhältnismäßig hart durch, um ihre Position zu sichern. Doch auch wenn die Rothaarige ihre Bemerkung als Witz getarnt hatte, hinter dem breiten Grinsen steckte eiserne Entschlossenheit. Sie würde sicher dafür sorgen, dass ihre kleine Gruppe Frauen nicht über den Tisch gezogen wurde. Karl nickte ihr zum Abschied zu. Er hatte keine Zeit zu verlieren. Den Blick fest auf das Gebäude der Pacific Railroad gerichtet, lief er weiter.

KAPITEL 3

Nur wenig später stand er in einem Wohnzimmer, das vornehmer war, als er es von zu Hause und den Freundinnen seiner Mutter her kannte: Die gemütlich aussehenden Sessel waren mit farbenfrohen Blumenmustern bezogen, eine Pendeluhr und Ölgemälde hingen an den Wänden, und eierschalenfarbene Vorhänge wehten vor dem Fenster. Sie hatten die gleiche Farbe wie das Kleid von Mrs Bancroft, der Ehefrau von Karls neuem Chef. Vorsichtig goss sie Tee in dünnes Porzellan.

»Keine Umstände, Liebling!«, rief Mister Bancroft ihr durch die angelehnte Tür des Schlafzimmers zu. »Mister May und ich sind auf dem Sprung.«

Während er in einen schwarzen Anzug schlüpfte, reichte sie Karl eine Tasse und gab einen ordentlichen Schuss Rum in ihr Getränk. »Entschuldigen Sie meinen Mann. Er arbeitet schon zu lange hier draußen.«

Unsicher nippte Karl an dem starken Tee und hielt die Tasse hoch. »Ist das Meißner Porzellan?«

Mrs Bancroft klatschte erfreut in die Hände. »Ein Mensch mit Kultur!«

Karl nahm einen weiteren Schluck und lächelte. »Ich komme aus der Gegend.«

»Ein Deutscher!« Sie sah ihn mitleidig an. »Sie müssen sterben vor Heimweh!«

»Im Gegenteil.« Karl schüttelte den Kopf. Wie kam sie nur auf so eine Idee? »Zu Hause«, erklärte er, »saß ich an meinem Schreibtisch beim Königlich Sächsischen Grundbauamt und habe von großen Projekten in fernen Ländern geträumt. Dieser Traum wird jetzt wahr!«

Sie sah nicht aus, als könne sie das verstehen. »Ich träume von New York, von den Geschäften der 5th Avenue.« Sie seufzte, trank mit großen Schlucken ihren Tee aus und goss sich nach. Ihre zweite Mischung bestand aus deutlich mehr Rum als Tee.

»Aber Sie und Ihr Mann sind Pioniere«, widersprach Karl. »Diese Eisenbahnstrecke quer durch den Kontinent wird man mal das achte Weltwunder nennen!«

Mrs Bancroft lachte, als hätte Karl etwas besonders Witziges oder Albernes gesagt. Sie neigte den Kopf zur Seite und sah ihn an, als wäre er ein Kind, das sich begeistert über ein neues Spielzeug hermacht, ohne zu ahnen, dass es nie seinen Erwartungen entsprechen würde.

Karl fühlte sich unwohl, versuchte sich auf seine Tasse zu konzentrieren und nahm einen Schluck. Der Tee schmeckte bitterer als noch vor ein paar Minuten. Als Mister Bancroft fertig angekleidet das Zimmer betrat, sprang Karl erleichtert auf.

»Na dann, Mister May!«, sagte Bancroft. »Kommen Sie, verabschieden wir Ihren Vorgänger!«

Karl folgte seinem neuen Chef, der ohne Schwierigkeiten den steilen Hügel hinter dem Haus hinaufeilte.

»Das oberste Gebot lautet Geschwindigkeit. Unsere Aktionäre in New York werden immer ungeduldiger«, sagte Bancroft. »Während wir uns hier mühsam durch die Berge sprengen, rückt die Konkurrenz täglich näher.«

Karl legte einen Schritt zu, um aufzuholen. »Man baut eine zweite Strecke?«

Das Thema schien Bancroft nur zu noch größerem Tempo anzutreiben. »Von West nach Ost«, knurrte er, als der Kamm des Hügels in Sicht kam. »Direkt auf uns zu. Wer beim Aufeinandertreffen mehr Meilen verlegt hat, gewinnt das ganze Rennen.«

Nachdenklich fuhr sich Karl über die Haare. Dass sie unter Hochdruck arbeiten würden, hatte er erwartet. Aber dass sie sich dabei in einem Wettrennen gegen ein anderes Schienenunternehmen befanden, hatte ihm niemand mitgeteilt. »Na gut«, dachte Karl. Er hatte keine

Angst vor Herausforderungen. Mit den richtigen Plänen und exakter Landvermessung könnte er der Central Pacific Railroad problemlos einen Vorteil verschaffen, das Einzige, was er dazu bräuchte, war …

Überrascht blieb er stehen. Vor ihm erstreckte sich der Hügelkamm. Er sah eine Menge Holzkreuze in geraden Reihen und eine Gruppe dunkel gekleideter Menschen, die um zwei frisch ausgehobene Gräber stand. Ein Friedhof? Mit einem Mal erklärte sich Bancrofts dunkler Anzug – und seine Bemerkung vorhin. Seinen Vorgänger zu verabschieden hatte sich Karl allerdings anders vorgestellt.

»Das nennt man wohl den Preis des Fortschritts«, sagte sein Chef und zuckte die Achseln. »Wir setzen neuerdings Dynamit ein. Eine großartige Erfindung. Leider sehr gefährlich. Kennen Sie sich mit Sprengstoffen aus, May?«

Karl betrachtete die gesenkten Köpfe der Anwesenden und räusperte sich. »Ich habe zwei Semester Chemie studiert.«

»Gut«, war alles, was Bancroft dazu sagte, bevor er seinen Hut zog und auf die kleine Trauergemeinde zulief.

»Dino Buzzati, Ingenieur« war auf dem Kreuz eingebrannt. Sonst nichts. Weder Geburts- oder Sterbedaten noch ein Bibelzitat. Karl runzelte die Stirn.

Als hätte Bancroft Karls Gedanken gelesen, zog er ihn

ein paar Schritte weiter und erklärte: »Die Firma zahlt den Angestellten das Begräbnis. Paragraf sieben in Ihrem Arbeitsvertrag.« Es sollte wohl so klingen, als wäre das eine wirkliche Errungenschaft.

Karl riss seinen Blick von der letzten Ruhestätte seines Vorgängers los. Von hier hatte man einen unverstellten Blick auf Roswell mit seinen Zelten und notdürftig errichteten Häusern, auf den zukünftigen Bahnhof und die Schienenarbeiten. Dahinter flirrte die Prärie unter der Sonne in warmem Gelb, sattem Grün und dem rötlichen Schein der Felsen.

Bancroft klopfte Karl auf den Rücken. »Na dann, May, melden Sie sich bei Mister Rattler auf der Baustelle.« Er wandte sich zum Gehen. »Und kaufen Sie sich einen Hut. Sonst hält man Sie noch für einen Spinner.«

KAPITEL 4

Auf dem Weg zur Baustelle betrachtete Karl höchst konzentriert einige Zeichnungen, die er angefertigt hatte. Er wollte gut vorbereitet sein, wenn er diesen Rattler traf. Gerade beim Einsatz von Dynamit war eine verlässliche Statik das Wichtigste. Er hatte gehört, dass eine Brücke bereits fertiggestellt worden war.

Ein Ruckeln riss ihn aus seinen Gedanken, er stützte sich an dem Fass, das neben ihm stand, ab. Die offenen Waggons des Zubringer-Zuges waren gefüllt mit Materialien, die auf der Baustelle gebraucht wurden. Überall dort, wo ein bisschen Raum war, saßen Arbeiter, die zu ihrer nächsten Schicht gebracht wurden. Einige noch sehr jung und kräftig, andere schon gebeugt vom Alter und der schweren Arbeit. Auch unterschiedliche Sprachen waren zu hören. Was aber alle verband, waren ihre abgewetzte Kleidung und die Tatsache, dass sie alle Hüte trugen.

»Hey, Greenhorn!«, rief einer der Arbeiter Karl zu und grinste breit. »Wie wär's mit einem Lied aus deiner Heimat? Das treibt die Müdigkeit aus den Knochen!«

Karl zögerte.

Der Mann zog an seiner selbst gedrehten Zigarette und erklärte: »Ein Eisenbahnarbeiter muss drei Dinge können: saufen, Zeche prellen, singen.«

Die anderen Arbeiter lachten.

Karl gab sich einen Ruck. Er gehörte jetzt dazu, also konnte er ihnen auch etwas bieten! »Die Ingenieure sollen leben«, fing er an zu singen. »In ihnen kreist der wahre Geist der allerneusten Zeit.« Begeistert schmetterte er Heinrich Seidels Ingenieurlied – eines seiner Lieblingslieder aus Studienzeiten. Dass er die Töne nicht richtig traf, störte hier niemanden, im Gegenteil, die Arbeiter schienen sich zu freuen, dass er überhaupt mitmachte.

Als das Lied zu Ende war, übernahm Karls Gegenüber, wohl um ihm zu zeigen, welche Art von Liedern er eigentlich gemeint hatte: »Kennst du die Beine von Peggy Lee«, grölte er lauthals und die anderen fielen sofort mit ein. »Schon auf der Straße beugt sie die Knie.«

Karl musste grinsen und sang beim folgenden Refrain mit – der Text »Hey oh hey« war aber auch wirklich nicht schwer.

Der Zug tauchte ins Dunkel und fuhr ein kurzes Stück durch einen Tunnel. Als sie wieder ins Helle kamen, befanden sie sich auf einer hohen Brücke. Rechts und links erstreckten sich Wälder und die Prärie fernab jeglicher Zivilisation. Ein paar kleine Schuppen waren vor der Öffnung des nächsten Tunnels aufgebaut. Einer davon stand etwas abseits und schien besser bewacht als der Rest. Karl kniff die Augen zusammen. Aus dem Schornstein quoll Rauch. Ein Asiat streckte den Kopf durch die Tür und machte ein Zeichen. Die Männer davor eilten etliche Meter weiter und betrachteten das unscheinbare Gebäude mit Argwohn. Die Lok stieß einen lang gezogenen Pfiff aus – das Ende der Strecke.

Schnell sprangen die Männer aus den Waggons und begannen sofort mit dem Abladen. Karl hängte sich die Rolle mit seinen Plänen über die Schulter, zückte Stift und Papier und inspizierte die Brückenkonstruktion. Irgendetwas daran sah anders aus, als er erwartet hatte. Um einen besseren Blick zu haben, beugte er sich über das Geländer und schüttelte den Kopf. Da musste man noch mal ran. Stabil war etwas anderes! Er notierte sich einige Vorschläge und drehte sich um. Er musste diesen Mister Rattler finden.

Plötzlich sah er in das von Narben verunstaltete Gesicht eines Mannes, der einen Arbeiter grob vor sich her schubste und ihn trat. »Na los, worauf wartest du, du Penner!«

Offenbar ein Vorarbeiter. Karl runzelte die Stirn. Manchen Menschen stieg schon ein bisschen Macht zu Kopf. Kein Wunder, dass die Leute sich beeilten, aus seiner Reichweite zu kommen. Einen von ihnen sprach Karl an: »Wo finde ich Mister Rattler?«

Der Schienenarbeiter deutete auf den Tunneleingang vor ihnen. »Immer dem Schwefelgestank nach.«

Karl bahnte sich einen Weg durch die Arbeiter und balancierte über die ausgetretenen Holzbretter.

Als sich seine Augen an die Dunkelheit im Tunnel gewöhnt hatten, erkannte er Pfeiler, die die Felsen abstützten, und schweißüberströmte Männer mit Hacken. Hier und da brannten Feuer, die einzigen Lichtquellen, und heizten den Felsraum noch weiter auf. Hoffentlich gab es wenigstens genug Wasser für alle.

Da mischte sich unter das allgemeine Ächzen und Stöhnen ein Schrei. Karl beschleunigte seine Schritte. Dann blieb er geschockt stehen. Eine Peitsche fuhr auf einen am Boden liegenden Mann herunter. Hinter ihm bereiteten andere die Bohrlöcher für das Dynamit vor. Niemand mischte sich ein. Der Mann mit der Peitsche sah aus, als bereite es ihm Vergnügen – noch jemand, dem die Macht zu Kopf gestiegen war. Das musste Rattler sein.

»Wehe, du krepierst, bevor dein Sprengloch fertig ist!«, schrie er das Häuflein Elend auf dem Boden an und holte erneut aus.

»Mister Rattler?«, sagte Karl bestimmt. »Ich kann mir nicht vorstellen, dass die Eisenbahngesellschaft so etwas duldet!«

Es wurde totenstill. Alle starrten ihn an. Karl richtete sich auf und hielt dem drohenden Blick seines Gegenübers stand. Er würde nicht klein beigeben.

»Wer bist du denn?«, schnarrte Rattler.

Karl trat einen Schritt vor. »Entschuldigung, mein Name ist Karl May, ich soll mich bei Ihnen melden. Ich bin der neue Ingenieur. Und wenn ich das bemerken darf, draußen an der Brücke wurde nicht gut gearbeitet. Die Statik erscheint mir mangelhaft. Das wirkt einsturzgefährdet. Das kann man so nicht stehen lassen.«

Bei einem Mann wie Rattler wäre es am besten, gleich gewisse Grenzen zu ziehen, dachte Karl. Und Fachbereiche klarzumachen. Vielleicht lenkte der Themenwechsel den Mann ja auch von der Peitsche in seiner Hand ab. Immerhin gab es Wichtigeres, um das sie sich kümmern mussten.

Rattler fixierte Karl, ohne eine Miene zu verziehen, dann drehte er sich plötzlich zu den atemlos Wartenden um. »Habt ihr das gehört?«, fragte er und lachte ungut. »Die ganze Schinderei der letzten sechs Monate ist für'n Arsch!«

Karl kniff die Augen zusammen. Darum ging es doch überhaupt nicht. Mit nur einem Satz hatte Rattler einen

Graben aufgemacht, als seien Karls Worte Kritik an den Arbeitern gewesen.

Rattler schnaufte. »Na los, holt die Äxte und Sägen!« Damit hatte er die Arbeiter sofort auf seiner Seite. Sie lachten.

Karl verstand Rattler nicht. Worum ging es hier? Doch um den gemeinsamen Aufbau einer funktionierenden Strecke, oder? »Sie denken, ich scherze?«

»Nein.« Rattler starrte ihn an. »Ich denke, der Scheißzirkus ist in Roswell und du bist der Clown.«

Die Männer hinter Rattler lachten wieder. Er wedelte Karl mit einer Hand weg. »Und jetzt, verpiss dich, wir brauchen hier richtige Männer, keine Rechenschieber.«

Karl verstand: Diesem Mann brauchte er nicht mit dem Vorschlag einer gemeinsamen Lösung zu kommen. Also gut, dann eben nicht. »Das sehe ich anders!« Karls Stimme blieb sachlich. »Diese Bohrlöcher zum Beispiel sind viel zu dicht beieinander.« Karl lief an Rattler vorbei zur hinteren Wand und zwang ihn so, ihm zu folgen. »Ein größerer Abstand wäre viel effizienter. Und wie gesagt, außen bei der Brücke …« Weiter kam er nicht.

Rattler packte ihn an der Gurgel, drückte zu und keilte ihn zwischen sich und dem Felsen ein. »Was glaubst du eigentlich, wer du bist, dass du mir sagen kannst, wie ich meinen Tunnel zu sprengen habe?«, brüllte er aufgebracht.

Zwei seiner Begleiter rückten nach, einer von ihnen richtete sein Gewehr auf Karl.

Karl schob einen Ellenbogen nach oben zwischen die Hände Rattlers und nahm den Druck von seiner Kehle. Entschlossen starrte er sein Gegenüber an. Wenn der es wirklich auf einen Kampf anlegte, bitte sehr. Zwar war das nicht Karls bevorzugte Art der Konfliktlösung, aber zur Not konnte er sich verteidigen. Gegen die auf ihn gerichteten Gewehre hatte er allerdings kaum eine Chance. Noch bevor Karl entschieden hatte, was er tun sollte, schlug eine Glocke und sämtliche Aufmerksamkeit richtete sich auf den Höhleneingang.

Langsam schlurfte ein alter Asiat näher. In den Händen trug er eine Holzkiste, die er so vorsichtig über die Bretter balancierte, als könnte sie durch die geringste Erschütterung explodieren. Was vermutlich auch der Fall war: In der Kiste lagen auf Stroh etliche Stangen Dynamit. Der Alte atmete durch den Mund, als hätte er Angst, sich durch ein unbedachtes Niesen ins Jenseits zu befördern. Mit ehrfurchtsvollem Abstand folgten ihm die Arbeiter, bis der Asiat schließlich mit seiner gefährlichen Fracht vor Rattler stehen blieb. Der nahm zwei Stangen heraus. Sie sahen nach nicht viel aus, doch Karl kannte die Gewalt, die in ihnen steckte.

Rattler täuschte ein Stolpern an, brüllte: »Boooom!« und hielt Karl eine Stange direkt vors Gesicht. Einen Moment hielten alle Anwesenden erschrocken inne. Dann verteilte Rattler das Dynamit, als wäre nichts gewesen. Seine Leute nahmen es mit extremer Vorsicht entgegen. Angespannt passten sie die Stangen in die Bohrlöcher ein. Zündschnüre wurden eingesteckt und zu mehreren gebündelt. Karl beobachtete das Ganze mit wachsender Unruhe.

»Dein Vorgänger«, Rattler lächelte bösartig, »hatte ja kein so gutes Händchen für Dynamit. Mal sehen, ob du dich geschickter anstellst.« Damit drückte er Karl ein Päckchen Zündhölzer und das Ende der Lunten in die Hand.

Karl schüttelte den Kopf. »Ich bin kein Sprengmeister.« Selbst zwei Semester Chemie reichten allerdings, um die Gefahr zu erkennen und eine Falle zu erahnen. Er bemühte sich, ruhig zu bleiben. »Aber der Tunnel ist 150 Schritte lang. Die Lunte ist viel zu kurz, um sich rechtzeitig in Sicherheit zu bringen.«

Rattler drehte sich in Richtung Ausgang und lachte schadenfroh. »Das kommt ganz darauf an, wie schnell du laufen kannst.«

Damit war Karl in einer echten Zwickmühle: Wenn er sich weigerte, würde er sein Gesicht verlieren. Aber der Beweis, dass er recht hatte, könnte ihn das Leben kosten! Hin- und hergerissen sah er Rattler nach, der seine Männer aus dem Tunnel scheuchte.

Es wurde still. Karl war allein in der Höhle und blickte nachdenklich auf das Päckchen Streichhölzer in seiner Hand. Er hatte nicht damit gerechnet, gleich am ersten Tag in eine lebensgefährliche Situation zu geraten. Doch was hatte sein Vater immer gesagt? »In einer ausweglosen Situation einen Weg zu finden, das ist die wahre Kunst.« Entschlossen nickte Karl, sah sich um und überschlug ein paar Zahlen im Kopf. Was er brauchte, war Zeit, nur ein paar wesentliche Sekunden Vorsprung. Mit den Lunten war das nicht zu machen. Aber er hatte eine Idee. Das Feuer musste langsamer brennen. Entschlossen öffnete er die Streichholzschachtel, zündete zwei der Hölzer an und steckte sie mit dem Ende in die Schachtel. Diese lehnte er unter das Ende der Zündschnüre – und rannte los, so schnell er konnte.

Das Licht des Ausgangs tauchte vor ihm auf und kam näher. Er überschlug die Zeit, die er gewinnen würde. Bis die Flammen der entzündeten Streichhölzer die Schachtel erreichten: drei Sekunden. Bis die anderen Hölzer Feuer fingen: zwei Sekunden. Dann würde das Feuer überspringen, die Lunte müsste 15 Sekunden brennen … Karl rannte weiter. Er war froh, dass sein Training im Boxclub Saxonia auch aus Sprints und Ausdauerübungen bestanden hatte. Felsen rauschten an ihm vorbei, es wurde immer heller. Bis zum Ausgang war es nicht mehr weit. Seine Schritte auf den Holzbrettern klangen seltsam –

oder war es das Hämmern seines Herzens? Er war eigentlich gut in Form, aber für einen Sprint trug er die falschen Schuhe und übermüdet war er auch. Zumindest musste er sich keine Sorgen darüber machen, ob ein absurder Hut auf seinem Kopf blieb … Plötzlich spürte er einen Windhauch, Luft wurde in die Höhle gesaugt – Vorbote einer Explosion.

Jetzt wurde es knapp! Mehr als knapp. Nur mit extrem viel Glück könnte Karl es rechtzeitig aus der Höhle schaffen. Er biss die Zähne zusammen und gab alles. Weiter vorn war das Licht des Ausgangs zu sehen, doch würde er es rechtzeitig erreichen? Karl rannte. Das hier konnte nicht sein Ende sein, nicht so kurz, nachdem er in Roswell angekommen war, er hatte noch so viel vor!

Er hörte ein Zischen. Als saugte das Dynamit sämtlichen Sauerstoff an, um dann die größtmögliche Zerstörungskraft zu entfalten. Ein paar Sekunden schien alles um ihn herum stillzustehen – die völlige Abwesenheit von Luft und Tönen. Dann kam die Druckwelle von hinten und riss ihn von den Beinen.

KAPITEL 5

Als sich der Staub legte, hob Karl vorsichtig den Kopf. Das Bild vor seinen Augen war unwirklich. Männer rannten auf ihn zu, die Münder offen, sie schienen sich etwas zuzurufen, doch Karl hörte nur seinen eigenen Herzschlag und ein helles Klingeln. Der asiatische Dynamitfachmann starrte ihn überrascht an, als hätte er nicht erwartet, ihn wiederzusehen.

Karl stemmte sich auf die Beine, der Boden schwankte, und er brauchte einen Moment, bis er sein Gleichgewicht wiedergefunden hatte. Er war am Leben! Kaum zu glauben. Er atmete schwer und richtete den Blick auf einen majestätischen Felsen in weiter Ferne. Und er hörte Vogelgezwitscher, wie einen Willkommensgruß – willkommen zurück.

Plötzlich stand Rattler vor ihm. Er wirkte beinahe enttäuscht, sagte aber nichts.

Karl unterdrückte ein Grinsen. Er hatte seine erste Probe mit Bravour bestanden. Spätestens jetzt mussten alle hier erkennen: So schnell wurden sie ihn nicht los!

Nach diesem langen und ereignisreichen ersten Tag hatte Karl sich einen Drink verdient und so betrat er am Abend den Saloon. Dieser war in einem Holzhaus untergebracht, nicht in einem Zelt. Der Bahnhof war noch nicht fertig, der Saloon dagegen schon – ein eindeutiges Zeichen dafür, welches Gebäude den Einwohnern von Roswell wichtiger war.

Gesprächsfetzen und Pianoklänge schlugen Karl entgegen, als er die Tür öffnete. Das Lied hatte er heute Morgen schon gehört, als er angekommen war – war das wirklich erst ein paar Stunden her? Hinter dem linken Ohr des Klavierspielers klemmte eine Zigarette. Er kümmerte sich nicht darum, was um ihn herum passierte, haute nur selbstvergessen in die Tasten. Der fröhliche Song war eine seltsam unpassend-passende Begleitmusik zu den lauten Stimmen. Was wie Streitgespräche klang, schien hier der normale Umgangston zu sein.

Karl hatte erwartet, dass die Leute Karten spielten, doch stattdessen vertrieben sie sich die Zeit mit Mutproben: Mehrere Männer ließen ihre Messerklingen blitzschnell zwischen die ausgestreckten Finger der anderen Hand auf die Tischplatten herabsausen. Die Umstehenden feuerten sie an. Im Hintergrund war eine Prügelei im Gange, doch das schien niemanden weiter zu stören. Jeder noch so wackelige Stuhl und Schemel, der um die roh gezimmerten Tische standen, war besetzt. Die anwesenden Frauen waren leicht bekleidet, einige erkannte Karl: die rothaarige Belle und ihre Kolleginnen. Überall standen Gläser – gefüllt mit einer trüben, orangegelben Flüssigkeit. Besonders vertrauenerweckend sah der selbst gebrannte Whiskey nicht aus. Was gäbe Karl für einen Klaren oder, noch besser, für ein kühles Bier!

Er schob sich zwischen zwei verschwitzte Männer an den Tresen und winkte dem Barmann. Der ordentliche Eindruck seiner schwarzen Weste über dem weißen Hemd wurde von den fettigen Haaren und einem ungepflegten Bart zunichtegemacht. Er beugte sich zu Karl vor und sah ihn fragend an.

»Haben Sie auch deutsches Bier?«, versuchte Karl sein Glück und konnte es kaum fassen, als sein Gegenüber, ohne eine Miene zu verziehen, »Na klar« antwortete.

Dass der Barmann sich über ihn lustig gemacht hatte, erkannte Karl erst, als ein kleines Glas vor ihm auf den Tresen geknallt wurde. Aus einer verdreckten Flasche schenkte ihm der Mann dasselbe Gebräu ein, das alle hier tranken. Etwas anderes gab es offensichtlich nicht. Karl seufzte und hielt die trübe Flüssigkeit ins Licht. Mit etwas Fantasie könnte man sich vorstellen, es handele sich um ein Untergäriges, der Geruch allerdings stach scharf und harzig in die Nase. Karl zögerte kurz, doch dann nahm er einen Schluck. Oha! Der Selbstgebrannte hatte es in sich. Karl schüttelte sich. Der Barmann grinste und füllte nach.

Doch plötzlich veränderte sich die Atmosphäre im Raum: Das Lachen erstarb und die Leute warfen vorsichtige Blicke in Richtung Eingang. Karl drehte sich um.

Rattler, sein Vorarbeiter mit den Narben und einige weitere Männer hatten sich vor dem alten Indianer aufgebaut, dem Karl vor ein paar Stunden einen Dollar spendiert hatte. Mit vernebeltem Blick kauerte dieser an einem voll besetzten Tisch. Bisher schien ihn niemand beachtet zu haben, aber nun rückten seine Sitznachbarn von ihm ab.

»Wer hat die verdammte Rothaut hier reingelassen?«, dröhnte Rattlers Stimme durch den Raum.

Langsam blickte der alte Mann in die verkniffenen Gesichter über ihm.

Rattler beugte sich zu ihm hinab. » Du! Siehst du hier noch irgendwelche Tiere am Tresen oder Viecher?«

Karl ballte seine Hände zu Fäusten und sah sich um. Niemand machte Anstalten einzugreifen. Wie schon morgens am Bahnhof sahen alle in die andere Richtung und verfolgten das Geschehen nur aus den Augenwinkeln.

Rattler packte den Indianer am Kragen und stieß ihn

vom Stuhl. Der alte Mann fiel auf den Boden und sah sich um, als könnte er sich nicht erklären, wie er dahin gekommen war. Er warf einen sehnsuchtsvollen Blick auf sein noch halb gefülltes Glas.

Rattler trat näher und rief drohend: »Viecher sind hier nicht gestattet, los, raus!«

Karl sah Rattlers rechtes Bein zucken und ahnte, was als Nächstes passieren würde. Nur wenige Stunden vorher hatte er selbst gesehen, dass der grimmige Eisenbahnarbeiter gern nachtrat, wenn jemand vor ihm auf dem Boden lag.

Also mischte sich Karl ein. Sollten die anderen sich wegdrehen, einer musste Rattler die Stirn bieten. »Lassen Sie den alten Mann in Ruhe!«, sagte er laut und deutlich.

Alle drehten sich zu ihm. Einer von Rattlers Männern hatte seine Pranke auf den Kopf des Indianers gelegt und hielt ihn fest.

Rattler rümpfte die Nase. »Bist du etwa ein Freund des roten Niggers?«

Bevor Karl antworten konnte, traten Rattlers Männer bereits auf den Indianer ein. Der Alte versuchte, sich vor den Stiefeltritten zu schützen, und krabbelte Richtung Ausgang.

Karl schüttelte den Kopf und sah Rattler wütend an. Dann umrundete er die Bande, fasste den alten Indianer unter den Armen und begleitete ihn zur Tür.

»Soll dich der Teufel holen!«, rief Rattler ihnen nach. Ob der Satz Karl oder dem Indianer gelten sollte, war nicht ganz klar. Doch Karl war das egal. Er begleitete den Indianer sicher aus dem Saloon.

Als sich die Tür hinter ihnen schloss, hörte Karl Belles Stimme: »Fünf Minuten Spaß zum halben Preis«, und das folgende Hurra der Männer. Einen Moment schloss er die Augen. Er wusste, was sie da tat – sie lenkte die Anwesenden ab, damit er den Indianer in Ruhe nach draußen begleiten konnte. Und er wünschte sich, dass das nicht nötig wäre. Trotzdem war er erleichtert, dass ihnen niemand folgte, als er den alten Mann die Stufen hinab auf die Straße bugsierte. Einen Moment sah er sich um, als wisse er nicht, wo er war, dann klärte sich sein Blick. Er nickte Karl zu und verzog eine Seite des Mundes zu einer traurigen Grimasse, die »Danke, aber ich bin es gewohnt« zu sagen schien. Karl sah ihm nach, wie er sich mit unsicheren Schritten entfernte und zögerte.

Er könnte nun schlafen gehen und eine Konfrontation vermeiden. Doch wenn er heute eines gelernt hatte, dann, dass man vor Rattler keinerlei Schwäche zeigen durfte. Abgesehen davon, dass er sichergehen wollte, dass Belle in Ordnung war.

Tief holte Karl Luft, gab der Schwingtür einen Stoß und betrat erneut den Saloon. Schweißgeruch schlug ihm mit der abgestandenen Luft entgegen. War das vorhin auch schon so schlimm gewesen? Viele der Gäste hatten ihre Gespräche wieder aufgenommen, einige waren mit Belles Mädchen in den ersten Stock verschwunden, Rattler allerdings stand noch immer hier, am Tresen. Er verfolgte Belle mit den Augen, die mit einer Zigarette im Mundwinkel durch die Menge lief und mithilfe ebenso direkter wie lustiger Bemerkungen die aufgeheizte Stimmung entspannte. Karl bewunderte sie. So herausfordernd sich die Chefin der leichten Mädchen gab, sie hatte die Männer von Roswell definitiv im Griff.

Am Tresen nahm sich Rattler Karls Glas und stürzte den Inhalt in einem Zug herunter.

»Das war mein Drink«, sagte Karl sachlich.

»Neulinge schmeißen immer eine Runde, das ist hier so Sitte.« Rattler lächelte, doch er schien wütend zu sein.

Karl zuckte mit den Schultern und ließ sich auf den frei gewordenen Stuhl des Indianers nieder. Die meisten hier schienen nicht grundsätzlich aggressiv, aber die Stimmung war angespannt. Als bräuchte es – wie beim Dynamit – nur einen einzigen Funken für eine Explosion. Deshalb war es auch vernünftig, nicht darauf zu bestehen, dass Rattler seinen Schnaps ersetzte.

Rattler stand noch immer verkniffen mit hochgezogenen Schultern am Tresen. In dem Mann brodelte es. Gereizt verfolgte er jeden einzelnen von Belles Schritten. Jeden Mann, bei dem sie stehen blieb und mit dem sie ein paar Worte tauschte, blitzte er aggressiv an. Als Belle schließlich neben ihm am Tresen haltmachte, gab er sich aber locker: »Na, Belle, wann gehst du endlich mit mir zum Traualtar?«

Belle ließ sich Zeit mit einer Antwort, pustete ihm Rauch ins Gesicht und lächelte. »War schon dreimal verheiratet, war jedes Mal ein Verlustgeschäft.«

Rattler beugte sich näher zu ihr herüber, der Zigarettenqualm schien ihn nicht zu stören. »Das sagst du doch jetzt nur, weil ich kein Land habe und keine Kohle!« Belle schüttelte den Kopf, als habe er etwas Wichtiges nicht begriffen. »Schätzchen, dann fehlen dir noch immer Charakter, Manieren und gutes Aussehen.«

Karl hielt den Atem an. Offenbar gab es zumindest eine hier in Roswell, die Rattler die Stirn bot: Belle, die Chefin der kleinen Frauengruppe.

Rattler kippte langsam den nächsten Drink, knallte das Glas auf den Tresen und beugte sich so weit vor, dass seine Nase ihre fast berührte. »Pass auf, was du sagst«, zischte er. »Du bist hier nur das Amüsiermädchen. Niemanden interessiert, was du denkst!«

Belle zuckte unbeeindruckt mit den Schultern, Rattlers Gift konnte ihr nichts anhaben. Sie ließ ihn einfach stehen.

Karl unterdrückte ein Lächeln. Diese eine Geste sagte – deutlicher als alle Worte – »Du kannst mich mal«. Er beobachtete, wie Belle durch die Menge lief – direkt auf ihn zu. Ohne Umstände setzte sie sich auf seinen Schoß, hob sein Kinn mit einem Finger und küsste ihn. »Du rasierst dich wenigstens, Süßer«, sagte sie und wandte sich dann an den Rest der Männer: »Nehmt euch mal ein Beispiel an dem Greenhorn hier, ihr Sackratten!«

Die Männer lachten. Karl war sich der Anwesenheit Rattlers und seiner Leute mehr als bewusst. Dass Belle ausgerechnet ihn als gutes Beispiel hinstellte, musste für diese ein rotes Tuch sein. Und tatsächlich: Mit wenigen Schritten war Rattler bei ihm, riss Belle unsanft am Ellenbogen hoch und schob sie hinter sich. Während er Karl herausfordernd anstarrte, griff er nach dessen Glas, trank einen großen Schluck und reichte es weiter an seinen Vorarbeiter. Dieser spuckte erst auf Karls Schuhe, dann trank er den Rest.

Karl seufzte. Das wars. Bis hierhin und nicht weiter. Langsam stand er auf und fixierte Rattlers Mann fürs Grobe. »Sie ersetzen mir auf der Stelle die beiden Drinks und sorgen dafür, dass meine Schuhe wieder sauber werden.« Die Musik verstummte abrupt. Wie alle Anwesenden hatte sich auch der Pianospieler zu ihnen umgedreht. Karl rollte mit den Schultern. Er ahnte, dass es nun kein Zurück mehr gab. Und wenn er ehrlich war, wusste er, dass bereits seit heute Mittag alles auf eine Auseinandersetzung hinauslief. Rattler, seine Männer und er – sie würden keine Freunde werden. Und das wollte er auch gar nicht.

»Hast du mich gerade Schuhputzer genannt?«, wollte Rattlers Vormann wissen.

Karl sah ihm in die Augen, wich keinen Millimeter zurück. Auch nicht, als Rattler die Situation verschärfte: »Und er hat gesagt, dass du hässlich bist.«

»Ist auch so, man nennt mich nicht umsonst Ugly!« Karls Gegenüber grinste.

Karl hob überrascht die Augenbrauen. Auch wenn die Narben das Gesicht des Mannes nicht gerade schön erscheinen ließen – Karl würde ihn nie damit beleidigen. Dass Rattler allerdings seinen Vormann aufwiegelte, verwunderte ihn nicht. Er schien Gefallen daran zu finden, einen wehrlosen Mann zu treten. Bei einem ebenbürtigen Gegner ließ er andere die Drecksarbeit machen. Dabei lösten echte Männer ihre Differenzen untereinander und schickten nicht einen Stellvertreter vor, oder? Aber gut, ehrenhaftes Verhalten war von Rattler und seinen Männern wohl nicht zu erwarten. Und dass Ugly nun langsam und für alle sichtbar einen Schlagring über die rechte Hand zog, war nur ein weiterer Beweis dafür. Als sei das ein geheimes Zeichen, fingen die Leute an, Tische und Stühle zur Seite zu rücken. Es dauerte nicht lange und sie bildeten einen Kreis um Karl und Ugly. Man hörte anfeuernde Rufe – keinen einzigen für Karl.

Rattler beobachtete das alles mit Genugtuung. Er schien völlig sicher zu sein, dass sein Vormann Karl auf seinen Platz verweisen würde.

»Du hättest nicht kommen sollen«, sagte Rattler schadenfroh. »Der Westen hasst Schwächlinge!«

Karl zog seine Jacke aus und krempelte die Ärmel hoch. Der Westen mochte keine Schwächlinge? Na, dann würde er dem Westen und allen hier Anwesenden beweisen, dass er, Karl May, keiner war. Er mochte die letzten Jahre hinter einem Schreibtisch verbracht haben, Auseinandersetzungen ging er jedoch nicht aus dem Weg. Klein beizugeben – auch das hatte er von seinem Vater gelernt – war etwas für Männer, die nicht an ihre Zukunft und nicht an Gerechtigkeit glaubten.

Karl fixierte Ugly. Er war bereit. Bereit, Rattler und seinen Männern ein weiteres Mal zu beweisen, dass er keine Angst davor hatte, sich die Hände schmutzig zu machen. Wie schon bei der Sprengung in der Höhle unterschätzten sie ihn. Falls er gewann, könnte er vielleicht etwas verändern. Vielleicht folgten dann noch andere seinem Beispiel. Erkannten, dass es auch in der Neuen Welt Sinn machte, für Überzeugungen und Werte wie Fairness einzustehen. Er selbst jedenfalls würde fair bleiben.

Er nickte Ugly zu. »Ich muss Sie darauf hinweisen, dass ich im Verein geboxt habe.«

Das schien niemanden zu beeindrucken. Sämtliche

Anwesenden feuerten Ugly an, kurzen Prozess mit Karl zu machen. Als hätte er den Kampf schon gewonnen, drehte Ugly sich siegessicher im Kreis.

Karl nahm Aufstellung und hob die Arme zur Abwehr. Der Schlagring seines Gegenübers glänzte bösartig im spärlichen Licht. Dass Ugly dadurch einen unfairen Vorteil hatte, störte niemanden. Uglys erster Schlag kam wie erwartet und Karl duckte sich mühelos darunter weg. Sein zweiter Schlag hatte schon mehr Wucht und traf einen der Umstehenden, als Karl erneut auswich. Anstatt den Rücken seines Gegners zu attackieren, wartete Karl ab, bis Ugly sich wieder zu ihm umgedreht hatte. Mit einem wütenden Schrei warf er sich auf Karl, die verunstaltete Lippe gemein verzogen. Doch auch der wuchtige Schlag in Richtung Karls Schläfe ging ins Leere. Blitzschnell duckte sich Karl unter dem ausgestreckten Arm hindurch, drehte sich um und nahm Maß. Seine folgende Rechts-links-Kombination war perfekt platziert und ließ Ugly wie einen gefällten Baum zu Boden gehen. Er hatte nicht einmal die Gelegenheit, den Sturz abzufangen, fiel einfach um und blieb liegen.

Einen Moment verharrte Karl in Kampfstellung, zur Not würde er noch einmal nachlegen. Aber im Gegensatz zu Rattler und seinen Leuten war er niemand, der einen besiegten Gegner trat. Sämtliche Aufmerksamkeit war nun auf Ugly gerichtet, der immer noch am Boden lag.

Rattler fixierte seinen Vormann, als könnte er ihn mit purer Willenskraft noch einmal in den Kampf schicken. Doch nicht einmal seine Lippe zitterte. Ugly war und blieb bewusstlos. Karl ließ die Arme sinken und trat einen Schritt zurück. Die Zuschauer fingen an zu flüstern. Sie waren überrascht. Die Blicke, die Karl streiften, waren fast ehrfurchtsvoll, einige der Umstehenden nickten ihm kurz zu.

Karl krempelte die Ärmel seines Hemdes herunter und zuckte mit den Schultern. »Ich habe ihn gewarnt. Ich bin Mitglied im SV Saxonia 1860.« Damit drehte er sich zur Bar, für ihn war das Thema erledigt. Und für die meisten anderen ebenfalls. Der Barmann stellte ein frisches Glas auf den Tresen, füllte es bis zum Rand und hielt es Karl entgegen.

Rattlers hasserfülltes Gesicht allerdings sprach Bände. Für ihn hatte ihre Auseinandersetzung gerade erst begonnen. Karl seufzte und kippte seinen Drink. Er hatte sich mit Rattler einen Feind gemacht, der auf Rache sann. Da blieb nur eins: den Mann und seine Leute nicht zu unterschätzen und immer wachsam zu sein.

KAPITEL 6

Als Bancroft ihn am nächsten Morgen in sein Büro zitierte, dachte Karl zunächst, es habe etwas mit der Auseinandersetzung des vergangenen Abends zu tun. Doch sein Chef wirkte gut gelaunt und winkte ihn herein. Er hielt einen gewachsten Plan in der Hand, den er stolz vor Karl auf einem Stehpult ausrollte. Hinter ihnen addierte ein Assistent Zahlenkolonnen und raufte sich die Haare. Karl unterdrückte ein Lächeln. Vor nicht allzu langer Zeit hätte er noch an dessen Platz gesessen. Nun aber konnte er endlich all das anwenden, was er studiert hatte.

Bancroft deutete auf die wenigen Höhenlinien und Wasserläufe. Ein wie mit dem Lineal gezogener schwarzer Strich durchkreuzte den Plan, in regelmäßigen Abständen mit Punkten versehen. Das mussten dann wohl die geplanten Schienenstrecken und die Bahnhöfe sein.

Der Großteil der Karte war weiß. Terra incognita. Unbekanntes Land. So musste sich Christoph Kolumbus gefühlt haben.

»In zwei Wochen«, sagte Bancroft, »sind wir mit dem Tunnel fertig, dann liegen 100 Meilen Wildnis vor uns. Stand in Ihrer Bewerbung nicht etwas von Landvermessung?«

Karl nickte. Nun wusste er, was sein Chef von ihm wollte und weshalb er ihn in aller Frühe herbeizitiert hatte. »Ja, ich habe meine Diplomarbeit über die theoretische Kartografierung der Arktis geschrieben.«

Im Hintergrund legte Bancrofts Frau eine Lochplatte auf die Polyphon. Wie das Meißner Porzellan stammte auch diese aus Karls Heimat. Ein Überbleibsel aus ihrer Vergangenheit? Karl hatte nur mitgebracht, was er für seine neue Arbeit brauchte. Mrs Bancroft dagegen schien sämtlichem Luxus hinterherzutrauern, den sie in ihrem letzten Leben zurückgelassen hatte. Konzentriert betätigte sie die Handkurbel. Die Melodie klang leicht, fast fröhlich. Luftiger als das abgedunkelte Zimmer. Karls Blick schweifte durchs Fenster, wo die Sonne der Stadt fast einen hoffnungsvollen Anstrich verlieh. Auch Bancroft lauschte ein paar Takte, dann wandte er sich geschäftig um. Dass Karls Untersuchung nur theoretisch gewesen war und eine ganz andere Gegend zum Ziel hatte als den Westen Amerikas, schien ihn nicht zu stören.

»Sehr gut«, sagte er und drückte Karl die Karte in die Hand. »Dann haben Sie jetzt einen Auftrag.«

Karl strahlte. Er fühlte sich wertgeschätzt. Ganz anders als Rattler, der offenbar glaubte, er wollte ihm etwas wegnehmen, vertraute Bancroft darauf, dass Karl einen wichtigen Beitrag zur Schienenverlegung leisten werde. Auch der Gedanke, die nächsten Tage draußen in der freien Natur zu verbringen – fern von Rattler und seinen Leuten –, hatte etwas für sich.

«Ich werde Ihnen eine bewaffnete Eskorte zu Ihrer Sicherheit mitgeben«, entschied Bancroft.

Karl war erstaunt. »Ist das denn nötig?«

»Sie betreten Apachengebiet, Mister May!« Sein Chef sah ihn ernst an.

Darüber hatte Karl nicht nachgedacht. Aber Bancroft lebte schon länger in diesem Land. Er wusste, was nötig war. Und er war der Chef. Karl nickte und wandte sich zum Gehen. Als er das Haus verließ, sah er, wie Bancrofts Frau sich im angrenzenden Zimmer mit geschlossenen Augen zur Musik wiegte. Vermutlich träumte sie wieder von den Einkaufsstraßen in New York.

Karl genoss die Wärme der Sonne auf seinem hutlosen Kopf und streckte sich wohlig. Er fühlte sich gut. Sein Leben lang hatte er von so einer Möglichkeit geträumt und nun wurde sie wahr!

Hätte Karl in diesem Moment schon gewusst, wen

Bancroft als seine Eskorte ausgewählt hatte, wäre er wahrscheinlich nicht ganz so erfreut gewesen.

Ausgerechnet Rattler, Ugly und eine Handvoll grimmiger Männer warteten auf ihn, als er mit all seiner Ausrüstung zum verabredeten Platz kam. Ugly betrachtete ihn mit Mordlust in den Augen. Seine Niederlage gegen Karl hatte ihn offenbar nur noch wütender gemacht. Rattlers Gesicht verriet nichts, er starrte Karl nur schweigend an. Und ob die anderen Männer ihn wirklich beschützen oder ihm die Arbeit erschweren würden, war eine gute Frage.

Karl seufzte und belud erst das Packpferd und dann sein eigenes.

»Passen Sie gut auf unseren Ingenieur auf«, sagte Bancroft hinter ihnen.

Rattlers Antwort klang eher nach einem schlechten Scherz. »Ich hüte ihn wie meinen Augapfel.« Etwas anderes schien ihn viel mehr zu interessieren. »In Texas gibt es zehn Dollar Kopfgeld für jede tote Rothaut«, erklärte er. »Das wäre ein guter Nebenverdienst für uns, stimmt's, Leute?«

Karl biss bei dem folgenden Gelächter die Zähne zusammen.

»Wir führen hier keinen Krieg, Mister Rattler«, warnte Bancroft. »Wir bauen eine Eisenbahn.« Doch seiner

Stimme fehlte es an Überzeugungskraft. Er schien zu ahnen, dass Rattler sowieso tun würde, was er für richtig hielt. Und er hatte recht.

»Und?« Rattler zuckte mit den Schultern. »Was ist der Unterschied?« Damit ritt er los, ohne sicherzugehen, dass Karl bereit war. Einmal mehr hatte er das letzte Wort behalten und keinerlei Zugeständnisse gemacht.

Karl überprüfte schnell seinen Sattel.

Bancroft trat näher. »Mit Fleiß und Anstand allein baut man diese Strecke nicht fertig«, murmelte er. »Grobe Arbeit braucht grobes Werkzeug.«

Offenbar hatte er zumindest das Bedürfnis, sich Karl zu erklären. Doch das reichte nicht. Karl stieg wortlos auf. Er würde das schlechte Gewissen seines Chefs nicht beruhigen. Zu wissen, was falsch war, und trotzdem den einfachsten Weg zu gehen war nur wenig besser als das, was Rattler und seine Männer taten.

»Viel Glück, Mister May!«

Karl nickte. Das konnte er gebrauchen. Vor allem mit diesen Begleitern.

Zunächst lief jedoch alles wie geplant. Auch wenn sie gemächlich vorantrabten, lag Roswell schnell hinter ihnen und die Landschaft beeindruckte durch ihre unglaubliche Weite. Karl war immer wieder fasziniert, wie unberührt hier alles war: keine Fabriken, kein Dampf, kaum Lärm und – keine Menschen. Ob sich das ändern würde, wenn sie tiefer in das Apachenland hineinritten?

»Riecht ihr das, Männer?«, rief Rattler begeistert und zeigte auf das vor ihnen liegende Tal. »Fruchtbares Land!« Karl war erstaunt. Gab es unter all dem Machtgehabe in Rattlers Persönlichkeit etwa einen kleinen Teil, der diese schöne Umgebung genoss?

Aber die nächsten Worte machten Karls positive Gedanken auch schon wieder zunichte. »Ich rieche die Dollarnoten!«, grölte Rattler. »Ich will gar nicht wissen, wie viel Silber, Gold und Öl hier unter uns liegen.«

Karl verdrehte die Augen. Er hätte es wissen müssen. Und doch war es ihm ein Rätsel, wie jemand diese satten Weiden, Berge und Wälder betrachten und nur daran denken konnte, wie am besten Gewinn daraus zu schlagen war.

Nachdenklich blickte Karl sich um. »Das unebene Gelände wird die Eisenbahn viel Zeit kosten.«

Rattler winkte ab, als hätte Karl ihn persönlich beleidigt. »Wozu gibt es Dynamit? Zur Not sprengen wir uns den Weg frei. Direkt bis zum Horizont.«

Rattlers Männer nickten und folgten seinem Blick. Sie alle konnten sich offenbar schon vorstellen, wie es aussehen würde, wenn die Schienenstrecke erst hier hindurchführte. Nur Karl wollte das nicht so recht gelingen. Um effizient zu arbeiten, müssten sie so viele Hindernisse wie möglich umgehen. Er hielt es für falsch, sich mit Gewalt hindurchzusprengen. Der Fortschritt konnte sich nur dann ungehemmt weiterentwickeln, wenn man ihm den besten Weg bereitete.

Das war auch der Grund, warum Karl einige Stunden später Markierungsstäbe an die Männer verteilte und sie anwies, sich hintereinanderzustellen. Zunächst hatte es fast so ausgesehen, als wollten sie sich weigern. Doch Rattler hatte eingegriffen. Zumindest schien er Karl nicht boykottieren zu wollen.

Nun zeigte Karl in die Richtung der Talsohle und dirigierte sie weiter zur Seite. »Noch ein Stück!«, rief er laut und überprüfte den Fortschritt durch seine topografische Kamera. Bevor die Sonne unterging, wollte er so viel wie möglich geschafft haben. »Und noch ein bisschen!« Je weiter von den Bergen entfernt sie die Strecke verlegten, desto weniger Bodenunebenheiten würden sie ausgleichen müssen. Und desto weniger Risiken würden bei der Aufschüttung für die Schienen zu bewältigen sein.

Karl kniff ein Auge zu – ja, die ersten drei Stäbe standen schon nach Maß, jetzt kam der vierte. »Fast! Noch ein bis zwei Meter!«, brüllte er laut, um auf die Entfernung gehört zu werden.

In dem Moment kam Rattler von hinten dazu. Bisher hatte er Karl in Ruhe gelassen, vielleicht ein kleines Schläfchen gehalten oder den Horizont nach Indianern abgesucht. Doch nun schüttelte er aufgebracht den Kopf. »Das ist ein Fehler! Ihr müsst weiter nach rechts, das ist falsch!«

Unsicher zogen seine Männer die perfekt gesteckten Markierungsstäbe aus dem Boden.

Karl konnte es nicht fassen. »Ich darf Sie daran erinnern, dass ich hier der Ingenieur bin«, fauchte er. Langsam verlor er die Geduld.

Rattler blieb unbeeindruckt. »Dort«, erklärte er und wedelte in Richtung der Berge, »kommen der Bahnhof und der Saloon hin. Hier«, nun deutete er knapp daneben, »mein Haus.« Er klang völlig überzeugt. »Hier sitze ich irgendwann auf meiner Veranda mit Belle und den Kindern. Hier kommen die Leute vorbei und ziehen den Hut und sagen: ›Guck mal, das ist Rattler, der war nie auf keiner Schule, der hat immer nur geschuftet. Jetzt gehört ihm die ganze Stadt. Rattler-Town!‹« Wichtig hob er einen Finger und fuchtelte damit vor Karls Nase herum.

Überrumpelt starrte Karl ihn an. Bei dem Leuchten auf Rattlers Gesicht bekam er fast Mitleid. Fast.

Ugly lachte. Auch ihn schien dieser Ausbruch zu überraschen. »Ich wusste gar nicht, dass du ein Familientyp bist, Boss.«

Für einen kleinen Moment sah Rattler beinahe menschlich aus. »Ich will mehr vom Leben als nur einen schlechten Ruf!«, murmelte er. Dann wurde er wieder lauter. »Und jetzt: Weiter rüber! Hört ihr nicht? Rechts, mehr zu den Hügeln!«

Karl warf einen prüfenden Blick auf seine Karte. Rattlers Wünsche entsprachen der ursprünglich geplanten Route. Allerdings war diese alles andere als optimal.

Also versuchte Karl es mit Logik: »Mister Rattler, die Markierungsstäbe sind genau an der richtigen Stelle, die Achse der Bahn ...« Weiter kam er nicht.

»Die Bahn!«, schnaubte Rattler empört. »Die Bahn hat seit Monaten keinen Lohn gezahlt. Die haben mir Land versprochen. Und du kriegst auch nur Land. Und das hier«, er stampfte mit dem Fuß auf, »ist meins. Verstanden, Diplom-Ingenieur?«

In gewisser Weise konnte Karl Rattler verstehen. Wer hoffte nicht auf ein besseres Leben oder einen geruhsamen Lebensabend nach vielen Jahren Schufterei? Aber hier ging es nicht um den Wunsch eines Einzigen, hier ging es um exakte Wissenschaft. Und die besagte, dass die Stäbe weiter nach links mussten. Seine Aufgabe war es schließlich, die Pacific Railroad Company im Wettrennen gegen ihren Konkurrenten zu unterstützen.

KAPITEL 7

Noch Stunden später saß Karl über den Landvermessungsplan gebeugt. Die Sonne war längst hinter den Bergen untergegangen. Eine kleine Petrollampe erhellte einen Klapptisch nur schwach, doch er gab nicht auf. Im Hintergrund lümmelten Rattler und seine Männer um ein Lagerfeuer und übertrafen sich mit zweideutigen Anekdoten. Zigaretten und Schnapsflaschen machten die Runde. Karl blendete ihre lauten Stimmen aus. Wenn er wieder in Roswell war, musste er unbedingt mit Bancroft reden. Der am Reißbrett gezogene Verlauf der Schienen stimmte nicht mit dem Gelände überein. Auch Bancroft würde wissen, dass man am besten mit seiner Umgebung arbeitete, nicht gegen sie.

Als die Männer mehr Holz ins Feuer warfen, sah Karl kurz auf. Funken stoben in die Nacht, rechts raschelte es verdächtig im Unterholz.

»Ich liebe den Duft von frischem Kaffee am Abend«, kam plötzlich eine unbekannte Stimme aus der Dunkelheit. Sofort griffen alle außer Karl zu ihren Waffen.

»Komm raus oder friss Blei!«, rief Rattler.

Langsam schob sich eine Gestalt durch das Gebüsch. Das Weiße in ihren großen Augen war das Erste, was Karl auffiel. Dann bemerkte er die Fellmütze auf dem langen Haar, den Biberkragen und die Lederkleidung. In mehreren Schichten umhüllten sie einen mageren Körper. Der Mann sah aus wie ein Trapper, der sich verirrt hatte, nicht wie eine Bedrohung. Und doch hielt er sein Gewehr mit so viel Selbstbewusstsein, als könnte er mehr als die Hälfte von ihnen erschießen, noch bevor sie wussten, wie ihnen geschah. Er trat näher heran, hob eine Hand und lächelte. »Hohoho, Gentlemen, ihr solltet eure Kugeln sparen, wenn ich mich nicht irre.«

Verblüfft sahen sich Rattlers Männer an. Was meinte er damit?

Nur ihr Boss ließ sich nicht verunsichern, er zielte weiterhin auf das Herz des Fremden. »Wer zum Teufel bist du?«

Erst als sie ihm einen Pott Kaffee angeboten hatten, ließ der Mann sich dazu herab, zu antworten. Er schlürfte genüsslich sein Getränk und musterte die ungleiche Runde. »Die Grizzlies und Klapperschlangen der Gegend nennen mich Sam Hawkens«, stellte er sich vor. Er sah Karl neugierig an. Für einen Moment sah es fast so aus, als wollte er seine Biberfellmütze ziehen. Doch dann zuckte seine Hand plötzlich zurück. »Und ihr seid?«

Unsicher schauten Rattlers Leute zu Karl. Aus irgendeinem Grund waren sie der Überzeugung, dass er sich mit dem seltsamen Vogel unterhalten sollte.

Karl nickte freundlich. »Freut mich. Karl May.«

Sam trank einen Schluck, als speichere er diese Information für später ab.

»Sollen ja viele Apachen hier in der Gegend sein, Mister Hawkens, oder?«, mischte sich Rattler ein.

»Ja, die lauern im Dunkeln und beobachten euch in diesem Augenblick, wenn ich mich nicht irre.« Sam kicherte, als hätte er einen guten Witz gemacht.

Rattlers Männer wurden unsicher. Sie nahmen ihre Waffen auf und sahen sich um. Doch die Bäume, in deren Schatten sie ihr Lager errichtet hatten, verhinderten, dass sie irgendetwas erkennen konnten. Langsam standen die Männer auf und bildeten einen Kreis, die Gewehrläufe in die Dunkelheit gerichtet. Nur Rattler blieb sitzen. »Blödsinn!«, sagte er und fixierte Sam Hawkens.

Sam beugte sich vor. »Zehneinhalb Inch, oder?«

Rattler folgte fragend seinem Blick, und auch Karl suchte die Erde vor Rattler ab – was meinte der Mann?

Sam grinste. »Deine Stiefelgröße – zehneinhalb Inch, richtig?«

»Sag mal«, Rattler hatte keine Geduld für Rätsel, »hast du in der Wildnis den Verstand verloren?«

Anstatt beleidigt zu sein, verzog Sam nachdenklich das Gesicht. »Das kann man selber schwer beurteilen, finde ich.«

Karl unterdrückte ein Lächeln. Eine ebenso ehrliche wie überraschende und völlig richtige Antwort. Der Trapper war ihm sympathisch.

»Ich weiß nur«, sagte Sam, als ginge ihn das alles nichts an, »wenn ihr weiter nach Westen reitet, werden die Apachen euch umbringen. Und es wäre schade um eure schönen Stiefel.«

Rattler hatte genug. Er entsicherte seinen Revolver und richtete ihn auf Sam. »Dein Gequatsche geht mir auf die Nerven. Wenn die roten Affen wirklich so gefährlich sind, warum haben sie dir noch kein Haar gekrümmt?«

»Das kann man so nicht sagen.« Sam warf Karl einen kurzen Blick zu und zog langsam die Biberfellmütze vom Kopf.

Bei dem Anblick, der sich ihnen nun bot, wurde Karl übel. Auf Sams Kopf fehlten oben die Haare. Nicht, als wären sie ihm ausgefallen, sondern als hätte sie ihm jemand mit einem scharfen Messer samt der Kopfhaut vom Schädel geschnitten. Karl schluckte. Und auch Rattlers hartgesottene Meute schien geschockt. Schnell stülpte Sam sich die Mütze wieder über das Haupt und stand auf.

»Vielen Dank für den Kaffee, mein Freund.« Er lächelte Karl zu, dann drehte er sich um und verschwand in der Dunkelheit.

Karl sah dem Trapper nach. Er war skalpiert worden und hatte überlebt. Wie war das möglich? Karl blickte auf die Landkarte. Und tatsächlich befanden sie sich im Apachenland. Sams Hawkens' unerwarteter Besuch kam ihm wie eine Art freundliche Warnung vor.

Rattler sah das pragmatischer, für ihn war der Trapper nichts weiter als ein verlauster Irrer. Entschlossen teilte er seine Männer zur Nachtwache ein. Auch wenn er Sam nicht glaubte, er wollte lieber vorsichtig sein.

Karl lag in dieser Nacht noch lange wach. Die Sterne funkelten in ganz anderen Konstellationen, als er das von zu Hause kannte. Nachtvögel keckerten, hier und da war aus der Ferne der Ruf eines wilden Tieres zu hören. Und Karl fragte sich, wie gefährlich und blutrünstig die Apachen, deren Land sie betreten hatten, wirklich waren. Ob sie wussten, dass sie ihnen den Fortschritt brachten – oder ob sie sie als Eindringlinge sahen?

KAPITEL 8

Zu Karls Überraschung war er doch irgendwann eingeschlafen. Er hatte von einem Sternenbild geträumt, das wie eine Lok aussah.

Ob es an den Wachposten lag, dass ihre kleine Gruppe die Nacht ohne weitere Vorkommnisse überstanden hatte, war schwer zu sagen. Von den Indianern war nichts zu sehen. Für Rattler hieß das, dass Sam Hawkens einfach nur ein verrückter Irrer war, und er maß seiner Warnung keine Bedeutung mehr bei. Karl dagegen war anderer Meinung. Wenn sich schon ein Weißer so leise anschleichen und verschwinden konnte, ohne dass einer von ihnen etwas davon bemerkte, hieß das nicht, dass die Apachen das noch viel besser konnten? Vielleicht waren sie schon längst in ihrer Nähe.

Als Karl und seine Truppe weiter nach Westen ritten, war von Apachen jedenfalls nichts zu hören und zu sehen. Die hohen Berge kamen nur langsam näher. Immer wieder führte sie ihr Weg ein paar Meter hinauf zu einer höher gelegenen Ebene. Wie gemacht für Tierherden. Doch hier gab es keine Pferde, keine Bisons, ja nicht einmal Hasen.

Die regelmäßige Steigung in der Nähe der Berge stellte für die Eisenbahn ein Problem dar. Besser wäre es, die Schienen in den geraden Talsohlen zu verlegen. Damit könnten sich die notwendigen Stützbalken sparen lassen und die zeitaufwendigen Vermessungen, um herauszufinden, ob die Erdaufschüttungen auch das nötige Gewicht trugen. Auf lange Sicht wäre es sicher kostengünstiger, auf ebenem Gelände zu bleiben: Höhenmeter zu überwinden kostete immer Kohlen. Und auch das Heranschaffen der Schienen und Bohlen wäre schwieriger. Offensichtlich hatte sich bisher niemand ein genaues Bild von dieser Umgebung gemacht. Aber wenn Karl eine alternative Route vorschlagen wollte, brauchte er wirklich gute Argumente. Deshalb trieb er sein Pferd die letzten Meter des Hügels hinauf, den die Schienenstrecke besser umrunden sollte. Kaum oben angekommen, hielt er überrascht an. Vor ihm ragten Holzplateaus auf. Sie waren mit Federn und Pflanzen geschmückt. Schalen voller Beeren und Früchte standen darunter. An Pfählen hingen Schilder, wie sie Krieger im Nahkampf benutzen dürften. Langsam und vorsichtig lenkte Karl sein Pferd ein paar

Meter weiter. Auf den Holzplateaus lagen in Felle gehüllte tote Indianer.

Karl zog die Zügel an. »Wir können die Strecke nicht hier entlang verlegen!«, rief er den anderen zu. »Das scheint eine Art Friedhof zu sein. Lassen Sie uns umkehren!«

Rattler lachte. »Die Eisenbahn macht keine Umwege für irgendwelche Indianerknochen. Und ich auch nicht.«

Ohne zu zögern, ritt er, gefolgt von seinen Männern, weiter. Karl blieb mit einem unguten Gefühl zurück. Ihm war nicht wohl dabei, die Ruhe der aufgebahrten Toten zu stören. Langsam lenkte er seinen Schecken zwischen den Holzplateaus hindurch. Im dichten Gestrüpp rund um den Friedhof krächzten Raben, es klang wie eine Warnung. Doch das schien niemand außer Karl zu hören.

Ugly kletterte auf eine der Begräbnisstellen und schüttelte ein Skelett aus dem Tierfell. »Die tragen ja alle schöne Pelze hier, Boss!«, rief er.

Nun taten es ihm auch die anderen Männer nach und nahmen sich, was sie für brauchbar oder wertvoll hielten. Karls Magen verkrampfte sich. Niemand sollte Tote bestehlen, egal welcher Hautfarbe, egal wie unbekannt ihre Traditionen und Rituale waren.

»Mister Rattler!« Karl versuchte noch einmal, die anderen zur Vernunft zu bringen. »Befehlen Sie Ihren Leuten, da runterzukommen. Das ist Grabschändung!«

Doch Rattler und seine Männer beachteten ihn nicht. Sie plünderten die Beigaben der Toten, stießen Schalen um, amüsierten sich mit den übrig gebliebenen Knochen.

Ugly nahm den Schädel eines Verstorbenen in die Hand und ließ seine Kiefer klappern. »Nur ein toter Roter ist ein guter Roter«, krächzte er mit verstellter Stimme und wurde mit Lachen belohnt.

Karl schloss die Augen. Er fühlte sich hilflos. Plötzlich ließ ihn ein leises Sirren aufhorchen. Ein dumpfer Einschlag folgte – mit weit aufgerissenen Augen starrte Karl auf die Brust von einem von Rattlers Männern. Der Schaft eines Pfeils steckte darin, das Ende mit Federn geschmückt. Schnell breitete sich das Blut auf seinem Hemd aus, und er stürzte rückwärts von dem Indianergrab auf den Boden. Schlagartig verstummte das Lachen.

Die nächsten Minuten nahm Karl wie in Zeitlupe wahr: Er hörte Rattlers Befehl: »Deckung!«, sah, wie er seine Waffe hob und feuerte. Kugeln flogen durch die Luft, Pfeile antworteten. Einige der Holzplateaus wurden umgeworfen, die Männer verschanzten sich dahinter und schossen um sich. Pulverrauch vernebelte die Sonne. Karls Schecke tänzelte nervös. Als Karl nach den Zügeln griff, schoss ihm ein scharfer Schmerz durch die Brust. Ein mit schwarzen Federn verzierter Pfeil ragte daraus hervor. »Wie die Raben«, dachte er noch, dann drehte sich die Erde.

Sein Pferd wieherte ängstlich und warf ihn ab. Karl kam schmerzhaft auf. Sein Atem wich aus seinen Lungen. Der Himmel war blau, so blau, wie konnte er noch immer so blau sein? Schüsse und Schmerzenslaute wurden laut. Karls wurde Blick unscharf, seine Ohren dröhnten. Er konnte nur noch seinen eigenen Herzschlag hören. Mühevoll drehte er den Kopf zur Seite. Sah Rattler und seine restlichen Männer fliehen. Einen Moment blieben sie stehen und blickten zu ihm zurück. Worte explodierten in Karls Kopf: »Lasst ihn liegen, los, lauft!«

»Atmen! Konzentriere dich aufs Atmen!«, hatte Karls Boxtrainer bei dem SV Saxonia 1860 immer gesagt, wenn er einen besonders gemeinen Schlag auf den Solarplexus abbekommen hatte. Atmen war das Zauberwort – man konnte, man musste durch den Schmerz hindurchatmen. »Atmen«, das war auch der Ratschlag seines Vaters gewesen. Immer wenn Karl wütend war. »Atmen und alle Möglichkeiten durchdenken, bevor du reagierst.«

Und Karl atmete. Es klang rasselnd und schmerzte, aber er atmete. Ein, aus, ein … Das Dröhnen in seinen Ohren ließ nach, er vernahm ein Geräusch – schleichende Schritte – und zwang sich, die Augen zu öffnen. Die Figuren waren unscharf, doch die langen, dunklen Haare, die bei jeder ihrer Bewegungen hinter ihnen herwehten, konnte er erkennen. Und Lendenschurze. Sie trugen keine Hemden, ihre Oberkörper waren nackt, die Füße steckten in Schuhen aus weichem Leder. Einige von ihnen knieten nicht weit von Karl entfernt neben eines ihrer Opfer. Doch es war einer, der das Sagen zu haben schien, womöglich ihr Oberhaupt, eine Art Häuptling. Er wartete mit erhobenem Kopf bis seine Männer den Tod festgestellt hatte, dann beugt er sich vor. In seiner Hand ein Messer. Das folgende Geräusch drehte Karl den Magen um – ein Schneiden und Reißen. Hatte auch Sam das gehört, als er skalpiert worden war? Dann hob einer der Apachen in einer Siegergeste den Arm. In seiner Hand baumelten Haare.

»Atmen!«, befahl Karl sich. »Ein und aus!« Feinde eines Indianerstammes, das wusste Karl nicht erst seit Sam, wurden skalpiert. Und sie alle hatten sich zu Feinden gemacht, indem sie die Ruhe der Toten gestört hatten. Auch wenn er versucht hatte, es zu verhindern, gehörte er dazu. Er biss die Zähne aufeinander, als die Krieger nun auf ihn zukamen, ihr Anführer hoch aufgerichtet und mit blitzenden Augen. Mit ihren Gesichtern schien etwas nicht zu stimmen. Sie sahen aus wie Totenköpfe. Erst als sie so nah waren, dass Karl sie hätte anfassen können, erkannte er die Kriegsbemalung: Hellblaue Farbe auf dem unteren Drittel ihrer Gesichter ließ Kinn und Unterlippe fast verschwinden. Daumenbreite Streifen führten von der Nasenwurzel abwärts.

Atmen! Atmen und dem jungen Apachenanführer fest

in die Augen sehen, während er tat, was immer sie mit Besiegten taten. »Winnetou!«, rief einer von dessen Begleitern und drückte ihm erneut das Messer in die Hand.

Dunkle Augen starrten Karl an. Der Indianer beugte sich über ihn, in der linken Hand den eben abgeschnittenen Skalp, die rechte mit der Waffe zielte auf sein Gesicht. Karl erstarrte. Er mochte die Worte des Indianers nicht verstehen, aber die Gesten des Kriegers sagten alles: Als Nächstes wäre Karl an der Reihe. Karls Atem entwich mit einem Wimmern. Was konnte er jetzt noch tun? Er war verletzt, die Apachen waren in der Überzahl. Mühsam atmete er wieder ein. So einfach würde er nicht aufgeben und sich geschlagen geben. Auch wenn es aussichtslos war, er würde, er musste kämpfen. Karl ballte seine rechte Hand zur Faust, als der Indianer sich rittlings auf ihn setzte und das scharfe Messer zückte. Nein, kampflos sterben würde Karl nicht, er war der Sohn seines Vaters!

Sein Schlag hatte nur einen Bruchteil seiner normalen Kraft, doch er war gut platziert und traf den Wangenknochen seines Gegners. Der Überraschungseffekt war groß. Der junge Indianer wurde von dem Schlag herumgerissen und landete neben Karl auf der Erde. Erstaunt rieb er sich die Wange.

Karl nutzte die wenigen Sekunden und stemmte sich auf die zitternden Beine. Beide Fäuste zum Kampf erhoben, fixierte er seinen Angreifer, der mühelos aufsprang und ihn ansah. Karl stellte ein Bein zum Ausfallschritt hinter sich und überkreuzte die Arme. Was auch immer passierte, er würde sein Bestes geben! Von der Wunde in seiner Brust schoss ein scharfer Schmerz in seinen linken Arm, trotzdem zwang er ihn nach oben. Da waren auch die schwarzen Punkte in seinem Gesichtsfeld wieder. Karl schüttelte den Kopf, das schweißnasse Haar klebte an seiner Stirn und fiel ihm in die Augen. Er konzentrierte sich auf das ebenmäßige Gesicht ihm gegenüber. Es war von der Sonne gebräunt und von seidigem, schwarzem Haar umrahmt. Schwarz wie Rabenfedern. Der Indianer sah ihn nachdenklich an, als er eine Hand hob und die Stelle betastete, an der Karls Faust ihn getroffen hatte. Morgen wäre dort wahrscheinlich ein Bluterguss zu sehen. Morgen. Karl bezweifelte, dass es für ihn ein Morgen gab. Der zweite Indianer spannte seinen Bogen und zielte auf Karls Herz.

KAPITEL 9

Als Karl das nächste Mal die Augen aufschlug, wusste er nicht, wo er war. Feuerschein erhellte die dämmrige Umgebung, Gestalten mit Federn auf dem Kopf tanzten um ihn herum. Ihre Gesichter waren starre Masken, dahinter sangen sie immer wieder die gleiche Melodie. Selbst die Flammen schienen in ihrem Rhythmus zu flackern. Sie kamen näher und traten wieder zurück, wiederholten das Ganze. Trommeln skandierten einen immer schneller werdenden Rhythmus. Und Karl verlor das Gefühl für Zeit, Ort oder auch nur die Gegenwart. Nur ein Gedanke kehrte immer wieder: »Ich bin tot.« Karl riss die Augen auf. »Ich bin tot. Und es ist ganz anders als alles, was ich mir vorgestellt hatte!«

Er konnte weder seine Arme noch seine Beine bewegen, etwas Kühles, Schweres lastete auf ihnen. Dann bedeckte es auch seinen Oberkörper und seine Wunde, aus der nur noch ein kurzes Stück des Pfeils ragte. Erst als seine Schultern darunter verschwanden, stieg ihm ein bekannter Geruch in die Nase: Er wurde in Erde gehüllt.

Langsam kroch die Sonne über den Bergen herauf. Er musste stundenlang bewusstlos gewesen sein. Offenbar hatten die Indianer ihn mit in ihr Dorf genommen und praktizierten eine Art Ritual. Was das zu bedeuten hatte, wusste er nicht. Doch zumindest hatten sie seinen Kopf ausgespart, er konnte sehen und atmen. Nach und nach verschwanden die seltsamen Gestalten um ihn herum, nur eine blieb zurück und kniete sich über ihn. Sie summte eine beruhigende Melodie. Die Hände, die sie sich vors Gesicht hielt, waren mit Federn bedeckt. Langsam wiegte sie sich vor und zurück. Dann vollführte sie kreisende Bewegungen mit ihren Händen, erst in Karls Richtung, dann in Richtung der Wälder und des Himmels. Karl lächelte. Wenn diese warmen Augen und das freundliche Gesicht das Letzte wären, was er in seinem Leben sehen würde, dann sollte es so sein. Sie sah ihn an, murmelte ein paar Sätze in ihrer Sprache und legte ihre Hände vorsichtig auf seine Wunde. Karls Augen fielen zu. Er sank in einen tiefen Schlaf.

Dass die Schamanin der Apachen, Winnetous Schwester und Tochter des Häuptlings, tief aufseufzte, bekam er schon gar nicht mehr mit. Nachdenklich betrachtete sie ihn. Sie hatte alles in ihrer Macht Stehende getan. Nun war es an den Göttern, das Bleichgesicht zu retten – oder nicht.

Sie ließ den Verletzten auch in ihr Zelt bringen, nachdem das Erdritual beendet war. Die Pfeilspitze steckte immer noch in Karls Brust. Nscho-tschi gab weiteres Holz und Heilkräuter ins Feuer. Vorsichtig legte sie beide Hände um den Pfeil und zog ihn mit einem heftigen Ruck aus Karls Brust. Er schrie vor Schmerz, machte aber keine Anstalten, sich zu wehren. Nscho-tschi vernähte die Wunde.

Nun schrie Karl nicht mehr. Er sah sie mit seinen hellen Augen an und bewegte sich nicht. Sein Blick blieb kurz an der Verzierung ihres Oberteils hängen, wanderte dann zu dem mit roter Farbe aufgemalten Zeichen auf ihrer Stirn. Er lächelte, als sie eine blutstillende Wurzel auf die Wunde legte, und dann schloss er wieder die Augen.

Nscho-tschi ging ins Versammlungszelt.

Hier saß ihr Vater im Schneidersitz auf dem Boden, den Rücken an einen der mit weißer Farbe verzierten Holzpfähle gelehnt. Ein Traumfänger schaukelte sacht von der Spitze des Zeltes herab. In der Feuerstelle aus Stein knisterten leise die Flammen. Stumm hockten einige der Berater ihres Vaters auf ihren Fersen. Nur die Stimme Winnetous, Nscho-tschis Bruder, war zu hören.

»Die Weißen wollen das Land der Apachen stehlen,

Vater!«, rief er wütend und wedelte mit einer Karte vor Intschu-tschunas Gesicht herum. Diese hatte Winnetou in der Jacke des Fremden gefunden. Und auch seine restliche Ausrüstung hatte er mit ins Dorf gebracht: eigenartige Gerätschaften mit gewölbtem Glas und Metallbeinen, rot-weiße Stäbe und etwas Kleines, Flaches, das seine Nahrung zu sein schien.

Intschu-tschuna sah seine Tochter fragend an. »Kann er vor dem großen Rat sprechen?«

Nscho-tschi ließ ihren Blick nachdenklich über die Tierfelle an den Wänden schweifen und sog den Kräuterduft ein. Sie wählte ihre Worte mit Bedacht: »Nein, er ist noch zu schwach.«

Winnetou stöhnte. »Der Gefangene schreit wie ein Säugling. Man hört ihn im ganzen Lager.«

Nscho-tschi reagierte nicht darauf, sah nur auf ihre Hände, mit denen sie vor Kurzem die Pfeilspitze entfernt hatte. Intschu-tschuna, ein guter Beobachter und bedächtiger Mann, stand auf und ging zu ihr. »Was hast du, Tochter?«

»Sein Fieber«, sagte sie, »seine Wunde … Es ist ein Wunder, dass er nicht tot ist.«

Winnetou hatte eine einfache Erklärung dafür: »Du bist eine mächtige Schamanin.«

Doch Nscho-tschi sah das anders. »Der große Geist hat sein Leben verschont.«

»Das Leben eines elenden Bleichgesichts?« Winnetou winkte ab, doch Intschu-tschuna wollte es genauer wissen. »Weshalb sollte der große Geist einen Weißen beschützen?«

Darauf hatte Nscho-tschi keine Antwort. Noch nicht. Nur ihr Gefühl, auf das sie als Schamanin vertraute. Sie sah Winnetou in die Augen. »Der große Geist irrt sich nicht!« Damit drehte sie sich um und ließ die beiden Männer zurück. Wenn der Weiße aufwachte, müsste er etwas essen. Sein Körper würde Kraft brauchen, um auch die nächste Zeit zu überstehen. Die Götter hatten sie als Heilerin auserwählt, nicht als Kriegerin.

KAPITEL 10

Karl hörte Kinderlachen. Es klang fröhlich und unbeschwert. Darunter mischte sich Stimmengemurmel. Er fühlte sich besser. Das Fieber, das ihn in den letzten Stunden fest im Griff gehabt hatte, war gesunken. Vorsichtig betastete er seine Wunde und die akkuraten Stiche der Naht. Die Haut war noch empfindlich, aber nicht entzündet. Sein rettender Engel mit den warmen Augen hatte heilende Hände.

Vorsichtig setzte er sich auf. In der Mitte des Zeltes – das Tipi genannt wurde, das hatte er gelesen – flackerte ein wärmendes Feuer. Die Innenseiten der Fellwände waren mit Zeichnungen versehen. Sie erzählten in einer Spirale von der Bisonjagd, vom Leben der Indianer. Nicht alle Symbole konnte er zuordnen, doch er erkannte Pferde, Wild, Menschen, Tipis. Karl zog das Tierfell zur Seite und warf einen Blick nach draußen. Die Sonne schien.

Kinder rannten zwischen den Zelten umher, einige übten das Spannen von Bögen. Männer und Frauen unterhielten sich. Etwas weiter entfernt grasten Pferde. Die Indianer lebten weitab der Zivilisation und des Fortschritts. Alles wirkte friedlich.

Schnell rutschte er zurück, als jemand näher kam. Die Indianerin, die ihn versorgt hatte, trat ein und hielt ihm eine Schale Brei entgegen. Ein gutes Zeichen, sie würden ihm kaum etwas zu essen geben, wenn sie vorhatten, ihn sofort umzubringen. Oder? Erst nach dem ersten Bissen bemerkte er, wie ausgehungert er war. Wie viel Zeit war wohl inzwischen vergangen? Mit den Fingern schaufelte er das ungewohnte Essen in seinen Mund. Noch nie hatte ihm etwas so gut geschmeckt.

Als der größte Hunger gestillt war, blickte er etwas verlegen auf. Er war froh, wenigstens sein Unterhemd zu tragen. Er hob die Holzschale und beugte den Kopf: »Danke!«

Ohne ein Zeichen, ob sie ihn verstanden hatte, saß die Indianerin ihm gegenüber. Stolz und anmutig, im Gegensatz zu ihm nicht im Schneidersitz, sondern auf ihren Knien.

»Wie heißen Sie?«, fragte Karl.

Noch immer keine Regung.

»Darf ich mich Ihnen vorstellen? Ich heiße Karl May. Aus Sachsen. Aus Deutschland.« Vielleicht sollte er es mehr mit Gesten versuchen? Er zeigte auf sich. »Mein Name: Karl May.« Dann zeigte er auf sie. »Ihr Name?«

Nun antwortete sie. »Nscho-tschi.«

Eine Vielzahl an Konsonanten, für Karls Ohren ebenso ungewohnt wie für seine Zunge. Trotzdem versuchte er, es nachzusprechen: »Sch… Schoschi?«

Sie verbesserte ihn, artikulierte genauer: »Nscho-tschi«, und nickte, als er es beim nächsten Versuch besser hinbekam. Bevor Karl eine weitere Frage stellen konnte, schnellte einer ihrer Arme hervor. Sie deutete auf Karl, dann zum Eingang des Zeltes.

Karl schluckte. »Nach draußen?« Was erwartete ihn dort?

Sie wiederholte die Gesten und zeigte dann auf ihre langen, glänzenden dunklen Haare.

Karls Herz begann zu hämmern, er verstand: »Ihr wollt mich skalpieren.«

Nscho-tschi schüttelte den Kopf. »Nix skalpieren! Waschen!«

Karl war unendlich erleichtert. Und er freute sich darüber, dass sie ihn tatsächlich verstand. »Sie sprechen meine Sprache?«

Nscho-tschi nickte. »Vater von meinem Vater war Freund mit Englischmann. Lernen seine Worte«, sagte sie langsam und bedächtig. »Damals Worte von Freund, jetzt Worte von Feind.«

Ihr Gesicht war ebenso ausdrucksstark wie ihre Gesten. Karl stellte die Breischale ab. »Feind?«

Ihre dunklen Augen sahen ihn traurig an. »Bleichgesicht – Feind«, erklärte sie.

Schnell schüttelte er den Kopf. »Ich bin kein Feind.«

Doch darauf reagierte sie nicht mehr, sie stand auf und verließ vor ihm das Zelt.

Karl folgte ihr zögernd durch das Dorf. Auch der restliche Stamm schien ihre Einschätzung zu teilen. Mit skeptischen Blicken musterten die Indianer Karl. Nur die Kinder waren neugierig. Wie ein Schwarm Spatzen umkreisten sie Karl auf dem Weg zur Waschstelle. Ihre Finger strichen über sein Hemd, seine schnell übergeworfene Weste, die Haut seiner Unterarme. Aufgeregt schnatterten sie durcheinander. Ein etwa achtjähriger Junge streckte sich, um an Karls Haare zu kommen, und wiederholte immer wieder die gleichen Worte. Nscho-tschi übersetzte: »Kinder fragen: Du alter Mann? Du hundert Jahre alt?«

Karl sah den Jungen überrascht an. »Wieso?«

»Dein Haar weiß. Alte Männer weißes Haar«, sagte Nscho-tschi.

Karl lächelte und wandte sich an die Kinder. »Ich bin nicht so alt, mein Haar ist blond – blond!«

Er beugte den Kopf, damit sie es anfassen konnten. Während alle interessiert seine Haarsträhnen zwischen den Fingern zwirbelten, nutzte der kleine Junge seine Chance. Er zwickte Karl in den Bizeps, lachte und schlug dann eine Faust in die andere Handfläche. Dabei stand sein Mund keine Sekunde still.

Nscho-tschi musste grinsen. »Mavi sagt, sie nennen dich Alter Mann mit mächtiger Faust. In Sprache von Englischmann: Old Shatterhand.«

Die Kinder sprachen die zwei ungewohnten Worte nach. »Old Shatterhand, Old Shatterhand.« Sie machten einen Singsang daraus. Karl hatte seinen Spitznamen bei den jungen Indianern weg.

»Apachen sich erzählen, du Winnetou besiegt mit einem Schlag«, erklärte Nscho-tschi.

»Hm.« Karl wusste nicht genau, was er dazu sagen sollte. Ob die Kinder auch den Rest der Geschichte kannten? Wahrscheinlich nicht, sonst wären sie bestimmt weniger offen und interessiert an ihm. Immerhin hatte Winnetou Karl auf ihrem Friedhof gestellt. Und er musste davon ausgehen, dass es Karl ebenso wie den anderen Männern darum gegangen war, ihre Gräber zu berauben.

Mit schlechtem Gewissen sah er in die leuchtenden Gesichter. Mavi, wie Nscho-tschi den kleinen Jungen genannt hatte, lief immer noch an seiner Seite und strahlte ihn an. Dann schien etwas anderes Mavis Aufmerksamkeit zu beanspruchen. Mit wenigen Schritten war er bei einem Paar, das sich rätselnd über Karls Kamera und das Stativ beugte.

»Das ist ja meine Ausrüstung!«, rief Karl überrascht aus und wollte schon darauf zugehen.

Nscho-tschi hielt ihn aber davon ab. »Beute ist für alle. Apachen teilen«, klärte sie ihn auf und damit war das Thema für sie erledigt.

Karl lief eine Zeit lang stumm hinter ihr her. Egal, mit was sie beschäftigt waren – Heu binden, Tiere ausnehmen oder Kochen –, sämtliche Indianer, denen sie begegneten, nickten Nscho-tschi ehrfurchtsvoll zu.

Neugierig holte Karl auf. »Sind Sie so eine Art Häuptling von diesem Stamm, Nscho-tschi?«

»Intschu-tschuna Häuptling«, sagte sie. »Ich Schamanin. Mein Vater befiehlt Krieger, ich gehorche Göttern.« Sie blieb stehen. »An welche Götter Old Shatterhand glauben?«

Karl biss sich auf die Lippe. Sie sah aus, als sei ihr seine Antwort aus irgendeinem Grund sehr wichtig. Und es war nicht ganz einfach, seine Haltung zu erklären. Doch er wollte es versuchen. Seine Retterin hatte etwas an sich, das es ihm leicht machte, sich ihr anzuvertrauen. Karl wollte, dass sie ihn verstand. »Ich bin getauft«, sagte er und machte zur Verdeutlichung das Kreuzzeichen. »Aber ich glaube eigentlich nur an die menschliche Vernunft.« Damit tippte er sich an die Stirn.

Sie sah ihn lange an. Fast so, als könnte sie dadurch mehr über ihn erfahren als durch seine Worte. Dann legte sie plötzlich ihre Fingerspitzen rund um das Einschussloch in seiner Jacke. Oder auf sein Herz. »Götter glauben an Old Shatterhand«, sagte sie leise. Damit drehte sie sich um und lief weiter.

»Nein, Sie haben mich gerettet, nicht die Götter«, widersprach Karl.

Nscho-tschi reagierte nicht darauf. Sie beschleunigte ihre Schritte und verschwand hinter einem Hügel. Karl folgte ihr.

KAPITEL 11

Vor Karl erstreckte sich das Ufer eines klaren Sees. Indianerfrauen standen bis zu den Knien im seichten Wasser, wuschen Wäsche und Maiskolben; Felle waren zum Trocknen aufgespannt. Männer fischten, Kinder spielten, drei junge Mädchen wuschen sich, nur mit Lendenschurz bekleidet. Karl wandte eilig den Blick ab, so etwas wäre in Roswell undenkbar und zu Hause auch. Obwohl hier inmitten der Natur alles ganz natürlich wirkte, traute er sich kaum, den Blick zu heben.

Nscho-tschi lachte: »Dein Gesicht Farbe von Ochsenblut!« Karls Erklärung, dass man bei ihm zu Hause beim Schwimmen Badekleidung trug, brachte ihre Augen nur noch weiter zum Blitzen. »Eure Männer und Frauen so hässlich?« Sie grinste ihn an. Dann wurde sie wieder ernst. »Waschen!«, befahl sie und versetzte ihm einen leichten Stoß in Richtung See.

Karl watete in langer Unterhose und Unterhemd ins Wasser und säuberte sich gründlich. Das alles war ihm etwas peinlich. Er drehte den kichernden Mädchen den Rücken zu.

Am Ufer saß ein Mann und drehte erstaunt die letzte Tafel Leipziger Schokolade in den Händen. Karls Besitz war tatsächlich über den gesamten Stamm verteilt. Der Indianer biss vorsichtig auf eine Ecke der Verpackung und verzog angewidert das Gesicht. Das raue Papier schmeckte sicher nicht besonders.

»Sie müssen das vorher auspacken!«, rief Karl ihm zu und ging auf ihn zu. »Soll ich es Ihnen zeigen?«

Der Krieger ging bei seinem Anblick in Abwehrhaltung. Erst als Mavi plötzlich neben ihm auftauchte und etwas auf Indianisch sagte, entspannte er sich. Karl verstand nur zwei Worte von dem Geschnatter: Old Shatterhand. Sein Ruf schien ihm offenbar vorauszueilen, wohin er auch ging. Von dem Kleinen ermuntert, streckte der Mann Karl nun zögernd die Schokolade entgegen. Noch immer wirkte er skeptisch. Karl entfernte das Papier, brach die Tafel in Stücke und bot sie rundum an.

»Schokolade«, sagte er langsam. »Essen.« Er steckte sich einen Bissen in den Mund. Erst da griffen auch die anderen zu. Offenbar schmeckte es, sie nickten ihm wohlwollend zu. Karl hielt die Tafel Nscho-tschi entgegen. »Aus Leipzig«, sagte er stolz, auch wenn er wusste, dass das natürlich Quatsch war. Niemand hier hatte jemals von seiner Heimatstadt gehört.

Nscho-tschi kostete und nickte dann. »Leipzig gut!«

Karl musste über das kleine Missverständnis lächeln. Und sie hatte ja recht, Leipzig war gut. Hier in Amerika zu sein, als Botschafter des Fortschritts, war jedoch noch besser.

Womit er nicht gerechnet hatte, war, dass er nun im Gegenzug ebenfalls etwas präsentiert bekam. Nach einem kurzen Wortwechsel mit Mavi überreichte ihm der Krieger mit einer kleinen Verbeugung eine Raupe. Eine lebendige Raupe, die sich zwischen Karls Fingern krümmte, als er sie entgegennahm. Er schluckte.

Nscho-tschi lächelte. »Große Ehre«, sagte sie und gab ihm zu verstehen, das Tier zu essen.

Karl holte tief Luft. So ein Bissen Raupe war nichts im Vergleich dazu, seine neuen Bekannten zu beleidigen. Er führte die Raupe zum Mund. Vielleicht könnte er sie schlucken, ohne zu kauen? Er glaubte schon, die Haare der Raupe auf seiner Zunge zu spüren, da fingen alle an zu lachen. Karl war erleichtert: Sie hatten ihn reingelegt! Er übergab das Insekt Mavi mit einer angedeuteten Verbeugung und lachte mit.

Kurze Zeit später saß Karl wieder vollständig bekleidet neben Nscho-tschi auf einem flachen Felsen, der den See überblickte. Die Indianer hatten ihm die Sammelkarte überlassen, die in der Verpackung der Tafel steckte. Die Werbeidee der Schokoladenfirma fand er interessant: Unter dem Titel »Im Jahr 2000« zeigten die Karten technische Errungenschaften der Zukunft. Diesmal war zu seiner Freude eine dreistöckige Lok abgebildet. Nun hatte er die gesamte Serie! Neugierig beugte Nscho-tschi sich über die Farbtafeln in seiner Hand. Die Bilder mussten verwirrend für sie sein, sie kamen aus einer anderen Welt: Zeppeline, Schwebebahnen, Häuser, die fast bis zum Himmel reichten. Karl hielt sie ihr entgegen.

»Das hier«, erklärte er, »ist ein Zug, der auch ein Hotel ist. Und das hier ist ein fliegendes Krankenhaus.« Nscho-tschi schüttelte verwundert den Kopf. »Deine Heimat?«

»Nein, so stellen sich die Forscher das Jahr 2000 vor – die Zukunft.« Er sah sie an. »Die Welt wird eine bessere sein.« Doch Nscho-tschi lächelte und ließ ihre Augen von den Sammelkarten über die gekräuselte Oberfläche des Sees wandern. »Welt vollkommen, schau!«

Karl folgte ihrem Blick. Am Rand des hinteren Ufers plätscherte ein kleiner Wasserfall in den See. Daneben streiften tief hängende Äste die Oberfläche. Die letzten Sonnenstrahlen malten darauf glitzernde Bilder. Vor diesem Anblick schienen die Zeichnungen in seiner Hand plötzlich seltsam fern. Eine unglaubliche Ruhe breitete sich in Karl aus. So könnte er tagelang sitzen bleiben.

Aber das ging natürlich nicht, er war nicht Teil von Nscho-tschis Stamm, nicht ihr … Freund. Er war ein Gefangener und die Apachen hatten wahrscheinlich jede Menge Fragen an ihn.

KAPITEL 12

Kurz nach Sonnenuntergang fand sich Karl vor dem Häuptling Intschu-tschuna im Versammlungszelt wieder. Außer den Kindern hatten sich alle Indianer des Dorfes hier zusammengefunden. Trommelschläge übertönten die Gespräche, während sich alle auf ihre Plätze begaben und auf Intschu-tschuna sahen. Sein Gesicht war umrahmt von einem majestätischen Schmuck aus Adlerfedern, der bis zur Erde reichte. Ein Zeichen dafür, dass er viele Siege errungen hatte. Seine grauen Haare waren zu Zöpfen geflochten, die Kleidung war verziert. Er sah aus, als hätte er sich für diesen Anlass in ein offizielles Gewand gekleidet, in seine Häuptlingstracht. Nscho-tschi saß zu seiner Linken, Winnetou stand hinter ihm. Ruhig und entschlossen sah Intschu-tschuna Karl an und hob eine Hand. Sofort verstummten die Trommeln und alle Gespräche.

Karl bewegte sich nicht. Links und rechts von ihm standen zwei Krieger. Ein falscher Schritt und sie würden sich, ohne zu zögern, auf ihn stürzen.

»Du Sklave von Besitzer von Feuerross?«, eröffnete Intschu-tschuna die Befragung.

Karl überlegte einen Moment. »Das kann man so nicht sagen …«

Doch das ließ der Häuptling nicht gelten. »Du antworten. Ja ist Ja, Nein ist Nein.«

Also gut. Karl versuchte, sich klarer auszudrücken. »Ich bin Angestellter der Pacific Railroad Company«, begann er. Als Intschu-tschuna ihn ungeduldig ansah, nickte er. »Also: Ja.«

»Feuerross durchbohrt das Land der Apachen.« Der Häuptling kam zur Sache und beobachtete ihn genau.

Karl wurde unruhig. »Ich habe nur eine der möglichen Strecken …«

»Schweig!« Intschu-tschunas Stimme dröhnte durch das Zelt. »Worte der Angst kommen aus deinem Mund, nicht Worte der Wahrheit.« Er hielt Karls Vermessungskarte hoch. »Dein Bild?« Er betrachtete Karl abwartend.

»Das ist meine Karte, ja.«

Mit einem Zeigefinger fuhr der Häuptling die skizzierte Eisenbahnstrecke nach. »Intschu-tschuna fragen noch einmal: Feuerross durchbohrt das Land der Apachen?«

Karl seufzte und war sich Winnetous bohrenden Blicks

mehr als bewusst. Die Karte bewies das schwarz auf weiß, der Schienenstrich zerteilte Berge, Täler, das Apachenland. Ihm blieb nichts anderes übrig, als Ja zu sagen.

Von den folgenden, aufgebrachten Worten der Indianer verstand er nichts, doch die betroffenen Gesichter um ihn herum sprachen Bände.

»Die Eisenbahn wird den Apachen viel Gutes bringen.« Karl versuchte, an ihre Vernunft zu appellieren. »Schulen für eure Kinder, Medizin für die Kranken …«

Intschu-tschuna brachte ihn mit einer Geste zum Schweigen. »Unsere Kinder«, widersprach er, »reiten, bevor sie laufen. Sie kennen jedes Tier, jede Pflanze, sie können jagen, fischen, Spuren lesen. Unsere Schamanin bringt uns die Hilfe der Götter. Meine Tochter, sie dich nicht von Toten zurückgeholt?«

Karl nickte Nscho-tschi dankbar zu.

»Wozu also«, fragte Intschu-tschuna, »brauchen wir Feuerross?«

Karl zögerte. Er verstand die Argumente des Häuptlings. Aber Intschu-tschuna sprach von der Vergangenheit. Vielleicht auch noch von der Gegenwart. Nichts jedoch würde für immer so bleiben, wie es war. Alles wuchs – auch der Fortschritt. Die Traditionen und Werte, an denen die Apachen festhielten, konnte Karl ebenfalls verstehen. Nur: Sich weiterzuentwickeln, das musste doch das Ziel aller Menschen sein, oder?

»Wollen Sie denn keinen Fortschritt?«, fragte er. »Sie sind doch ein Teil von Amerika!«

Intschu-tschuna stand auf und trat auf Karl zu. Sein Blick war fest. »Als Intschu-tschuna jung, im Sommer Büffelherden in unseren Tälern. Dann kommen die weißen Jäger mit Donnerbüchsen. Bleichgesichter brauchen kein Fleisch, sie gierig nach Fell. Sie schießen Tag und Nacht, lassen Kadaver auf Prärie verfaulen.« Seine Stimme klang sanft, fast so, als erzähle er eine jahrhundertealte Geschichte. Eine Geschichte, auf der alles beruhte und die alles erklären würde. Nach einer kleinen Pause fuhr er fort. »Im Winter – Apachen kein Fleisch. Viele sterben vor Hunger.«

Karl schloss einen Moment die Augen. Er selbst hatte sich im Zug auf dem Weg nach Roswell über die Büffelknochen neben den Eisenbahnschienen gewundert. Und er hatte so etwas Ähnliches vermutet. Jetzt, da er Männer wie Rattler und Ugly kannte, wunderte es ihn nicht. Männer, die nur auf Gewinn aus waren. Von den lebensbedrohlichen Konsequenzen für die Indianer hatte er damals jedoch nichts geahnt.

»Dieses Amerika«, sprach Intschu-tschuna weiter, »von Apachen bloß nehmen, niemals geben. Für Bleichgesichter wir die Büffel. Unser Land das Fell.«

Karl sah den Häuptling an. Seine Worte waren ebenso klar wie die Bilder, die er mit ihnen hervorrief. Sein Gesicht ließ darauf schließen, dass er schon viel erlebt hatte, viele harte Entscheidungen hatte treffen müssen, doch seine Augen waren wach und offen. Und Karl verstand: Hier ging es nicht darum, ihn zu verdammen, hier ging es um Verständnis. Er, Karl May, Bleichgesicht und Ingenieur, erhielt die Chance, einen genauen Einblick zu erhalten und die Konsequenzen zu verstehen, um die sich in Roswell niemand scherte. Seine Gedanken rasten. Gab es irgendeine Möglichkeit, dieses Wissen einzusetzen? Einen Kompromiss zu erzielen?

Winnetous aufgeregte Worte unterbrachen das stumme Zwiegespräch zwischen seinem Vater und Karl. Der Häuptling nickte und übersetzte: »Mein Sohn will wissen: Wie viele Weiße leben hinter den heiligen Bergen?«

Karl dachte kurz nach. »Vielleicht zweihundert?«

»Wie viele Krieger, wie viele Waffen?«

Nun verstand Karl, worauf diese Fragen abzielten. »Warum?« Er versuchte, Zeit zu gewinnen. Die beiden Krieger neben ihm zwangen ihn vor Intschu-tschuna auf die Knie.

»Wie viele Krieger, wie viele Waffen«, donnerte der Häuptling erneut.

Karl blieb fest. Sosehr ihn die Ansprache des Häuptlings berührt hatte, er würde keinem Krieg zwischen den Siedlern in Roswell und den Apachen Vorschub leisten.

»Ich bin kein Verräter!«

Winnetou rief etwas, das Karl nicht verstand. Seine Stimme war voller Wut und Verachtung.

Daraufhin wurde Karl hochgerissen und auf den Platz vor dem Zelt gezerrt. Hier brannte ein Feuer, Trommeln wurden geschlagen, und viele Indianer feuerten die beiden Männer an, die Karl nun zu einer Holzkonstruktion mit zwei Seilschlaufen zogen: der indianischen Variante eines Prangers, einem Marterpfahl.

In kürzester Zeit waren Karls Hände über seinem Kopf gefesselt. Winnetou hatte einen Stein aufgenommen und schliff sein Messer, während er drohend auf Karl zukam. Karl blickte sich um. In den Gesichtern der Indianer sah er Wut. Und Rachegelüste. Nur Nscho-tschi war mit ihrem Vater ein paar Schritte zurückgeblieben und sprach leise auf ihn ein. An ihrem Gesichtsausdruck konnte Karl erkennen, dass sie die aktuellen Entwicklungen nicht guthieß. Verzweifelt versuchte er, ihren Blick aufzufangen. Sie war seine einzige Chance. Vielleicht konnte sie vermitteln. Wieder lag sein Leben in ihrer Hand.

Allerdings würde sie sich beeilen müssen. Winnetou betrachtete die scharfe Klinge in seiner Hand und trat nun direkt vor Karl. Karl zuckte zurück, als der Häuptlingssohn ihm das kalte Metall an die Kehle setzte. Offenbar hatte er vor, die gewünschten Informationen notfalls aus Karl herauszuschneiden. Ginge es nach ihm, wäre Karl sicher schon lange nicht mehr am Leben.

Karl atmete flach und hob den Kopf. »Nscho-tschi?« Endlich sah sie ihn an.

»Können Sie für mich übersetzen? Bitte?«, fragte Karl.

Nscho-tschi sah ihren Vater fragend an, der mit überkreuzten Armen dastand. Erleichtert sah Karl, dass der Häuptling seine Erlaubnis gab, und atmete auf.

»In Roswell«, sagte Karl und versuchte, den Indianern reihum in die Augen zu sehen, »wohnen Arbeiter, die nur ein paar Dollar verdienen wollen. Siedler, mit ihren Familien, die auf ein besseres Leben hoffen.«

Karl hörte zu, als Nscho-tschi übersetzte. Doch bisher schien der Stamm der Apachen von seinen Worten nicht beeindruckt. Wenn er sie wirklich packen wollte, etwas erreichen wollte, musste er wohl härtere Geschütze auffahren. Er richtete sich in seinen Fesseln auf.

»Ich habe die Apachen für ein tapferes und ehrenvolles Volk gehalten«, rief er und war sich des Risikos seiner nächsten Worte bewusst. »Aber ich habe mich geirrt. Sie sind gemeine Feiglinge, die Krieg führen wollen gegen Unschuldige!«

Noch bevor Nscho-tschi fertig übersetzt hatte, drückte Winnetou sein Messer erneut auf Karls Kehle. Diesmal fester. Karl konnte Winnetous Atem spüren, als er ihm etwas ins Ohr zischte. Dann wandte er sich mit lauter Stimme an seinen Stamm. Karls Nackenhaare stellten sich auf. Er brauchte keine Übersetzung, um Winnetous

Worte zu verstehen: Speere wurden in den Himmel gestoßen, Kriegsgeheul wurde laut, und einige der Indianer fingen an, um das Feuer zu tanzen. Winnetou trat breitbeinig hinter Karl, das Messer gezückt, eine Hand auf seinem Hinterkopf. Mehr als einen kurzen Stoß und eine Bewegung würde es Winnetou nicht kosten, um Karl die Kehle durchzuschneiden. Schweißtropfen rannen Karl in die Augen. Er blinzelte heftig und bemühte sich, sich auf Nscho-tschi und ihren Vater zu konzentrieren.

Der Häuptling hob eine Hand und trat vor. Karl sackte zusammen, etwas Warmes rann seinen Hals hinunter, vielleicht ein Blutstropfen. Doch er ließ Intschu-tschuna nicht aus den Augen. Niemand rührte sich, als der Häuptling sich direkt vor Karl stellte. »Wenn du ich, wenn du Häuptling der Apachen – was du tun?«

Karl nickte dankbar. Nun galt es, die richtigen Worte zu finden. Nichts war ihm in diesem Moment wichtiger, als einen Vorschlag zu machen, der beide scheinbar unvereinbaren Haltungen zusammenbrachte – ein Kompromiss musste her! »Ich würde mit der Eisenbahngesellschaft und ihrem Vertreter, Mister Bancroft, über den Verlauf der Strecke verhandeln.«

Sofort mischte sich Winnetou ein und rief etwas in die Menge. Mit dem Messer in der Hand und dem Schein des Feuers auf dem nackten Oberkörpers wirkte Winnetou stark und unbesiegbar. Dass er erneut einen Angriff auf

Roswell vorschlug, war unschwer zu erkennen: Die meisten der Anwesenden griffen bei Winnetous Worten zu ihren Waffen.

Intschu-tschuna aber blieb gelassen. Er sagte nur einen einzigen Satz und brachte damit alle zum Schweigen. Karl hoffte, der Häuptling hätte damit klargemacht, dass es nichts brachte, Arbeiter umzubringen. Andere würden folgen, das Problem bleiben. Es musste eine andere Lösung her – am besten eine gemeinsame!

Unsicher blickte Karl zwischen Intschu-tschuna und Winnetou hin und her. Die Fesseln schnitten in seine Handgelenke, sein Hals schmerzte. Er hörte das Wort »Roswell« und spürte, wie sich seine Brust zuschnürte. Dann warf ihm Winnetou einen verächtlichen Blick zu und schnitt seine Fesseln durch.

Karl fiel auf die Knie. Er hatte es geschafft. Doch ein Blick in Winnetous Augen sagte ihm: Es war verdammt knapp gewesen …

KAPITEL 13

Karl warf einen vorsichtigen Blick auf seinen Begleiter. Dass Intschu-tschuna ausgerechnet Winnetou dazu bestimmt hatte, Karl sicher zurück nach Roswell zu bringen, hatte Karl nicht erwartet. Und Winnetou wahrscheinlich auch nicht.

Karl ritt stumm neben dem Häuptlingssohn durch ein weites Tal, im Hintergrund erhoben sich schroffe Felsen, der Unterschied war so groß wie Tag und Nacht. Und nichts daran schien Karl bekannt. War er auf dem gleichen Weg zu dem Indianerfriedhof geritten? Nachdenklich betrachtete Karl seinen unfreiwilligen Begleiter. Kein einziges Mal hatte er sich zu ihm umgedreht, kein Wort gesprochen. Doch Winnetou hatte eine Menge unterschiedlicher Waffen dabei. Er schien Karl sicher nach Roswell bringen zu wollen, wie Intschu-tschuna es von ihm verlangte. Aber reden wollte er nicht.

»Sie hätten mich lieber am Marterpfahl sterben sehen, oder?«, versuchte Karl schließlich ein Gespräch zu eröffnen. Er war nicht überrascht, dass Winnetou ihm keine Antwort gab. Doch so einfach würde er es dem Indianer nicht machen. »Ich weiß, Sie sprechen meine Sprache«, sagte er. »Ihre Schwester hat es mir verraten.«

Nun drehte Winnetou sich das erste Mal zu ihm um. »Old Shatterhand – Feigling! Angst vor Schmerz und Tod. Warum du Intschu-tschuna mit Worten verwirrt?«

Karl schüttelte den Kopf. Winnetou war ganz offenbar immer noch der Meinung, dass ein Kampf die bessere Alternative wäre. Obwohl er nichts von Roswell wusste, von Rattler und seinen Männern, von all den Schusswaffen. Er hatte keine Ahnung, dass er sich in einen ungleichen Kampf begeben würde und die Leidtragenden immer Unschuldige waren. Karl dagegen hatte so etwas schon miterlebt.

»Ich weiß, wie solche Dinge enden.« Er seufzte und gab sich einen Ruck. »Mein Vater schuftete für einen Hungerlohn unter unmenschlichen Bedingungen. Er war Bergmann. Das bedeutete harte, gefährliche Arbeit unter der Erde.«

Karl blickte hinauf zum Himmel, die Sonne stand genau über ihnen. Er musste daran denken, wie er und seine Geschwister sich von ihrem Vater verabschiedet hatten, wenn er zu einer seiner Schichten aufbrach. Seine

Rückkehr hatten sie fast nie mitbekommen – zu früh morgens oder zu spät nachts war er heimgekehrt. Rückblickend schien es fast, als hätten sie ihn immer nur verabschiedet. Verabschiedet und verabschiedet, und dann war er nicht mehr zurückgekehrt.

»Eines Tages«, erzählte Karl weiter, »traten er und die anderen Arbeiter in einen Streik. Für zwölf Pfennig Lohnerhöhung.« Karl konnte selbst nicht genau sagen, warum er nun davon anfing. Weshalb er ausgerechnet Winnetou diese Geschichte erzählte. Doch irgendwie schien sie ihm ein passender Vergleich zu sein. »Mein Vater wollte sein Schicksal nicht einfach so hinnehmen. Er wollte sich wehren, verstehen Sie?«

Winnetou sagte nichts, aber er sah etwas freundlicher aus, als noch vor ein paar Minuten. Als ahnte er, was nun kam. Karl holte tief Luft. »Der König von Sachsen, der Häuptling meiner Heimat, schickte Soldaten.« Nun hatte er Winnetous volle Aufmerksamkeit. »Hunderte. Mit Gewehren. Sie schossen ohne Warnung in die Menge. Bis alle tot waren.«

Keine Verabschiedungen mehr. Keine Rückkehr. Die Kinder mussten morgens nicht mehr leise sein, um den schlafenden Vater nicht zu stören. Karl schluckte. Noch immer konnte ein Teil von ihm nicht begreifen, dass er seinen Vater niemals wiedersehen würde.

»Dein Vater tot in Schlacht?«, fragte Winnetou.

Karl nickte, und Winnetou begriff: »Du stolz auf Vater!«

Das war keine Frage, sondern eine Feststellung, die keine Antwort erforderte. Und der Apache hatte recht. So sinnlos der Tod seines Vaters schien, Karl war stolz auf ihn. Ihm war es nicht um die zwölf Pfennig gegangen, sondern ums Prinzip. Er wollte sich gegen Ungerechtigkeiten wehren. Und genau das wollte Karl auch. Wie der Vater, so der Sohn.

»Er starb guten Tod«, bekräftigte Winnetou. »Zu Hause dein Vater sein Apache.«

Karl lächelte. Das war ein großes Lob.

Winnetou ritt weiter. Von einer Freundschaft waren sie sicher noch weit entfernt. Aber vielleicht hatten sie einen Anfang gemacht.

Beim Abendessen nahm Karl dankbar das Stück des Präriehasen an, den Winnetou erlegt hatte. Über einem Lagerfeuer gebraten schmeckte es herrlich. Dankbar zupfte Karl mundgerechte Stücke ab. Dass Winnetou ihm mit Absicht den Hintern des Tieres und sich selbst den besseren, vorderen Teil zugeteilt hatte, ahnte er nicht. Aber es hätte ihn auch nicht gestört. Das Fleisch war zart und schmeckte rauchig.

Winnetou sah Karl beim Essen zu. »Deine Hände weich. Wie ein Mädchen!«

Aufbruch in eine neue Welt. Karl May, Ingenieur aus Sachsen betritt amerikanischen Boden.

Roswell, Arizona: Ein Banner begrüßt die Neuankömmlinge!

Eine Stadt im Aufbau! Noch eine Ansammlung von Zelten und provisorischen Holzhäusern, bald eine richtige Stadt.

Belle und die Amüsiermädchen träumen von einer besseren Zukunft und bieten ihre Dienste an.

Karl am Grab seines verstorbenen Vorgängers.

Karls erster Arbeitstag bei der Central Pacific Railroad.

Die Arbeit am Eisenbahntunnel ist in vollem Gange.

Karl und Rattler geraten zum ersten Mal aneinander.

Rattler und seine Kumpanen sollen Karl beim Landvermessen helfen.

Intschu-tschuna, der weise Häuptling der Apachen

Intschu-tschuna entscheidet über Karls Schicksal.

Winnetou ist Intschu-tschunas Sohn.

Nscho-tschi, die Schamanin des Stammes, beobachtet Karl.

Erste Kontakte zwischen Karl und den Apachen

Karl hat die Apachen zu Verhandlungen mit Bancroft überredet.

Intschu-tschuna und Winnetou wollen mit Mister Bancroft sprechen.

Karl beschwört Bancroft zu einer friedlichen Lösung.

Bancroft verhandelt, während Winnetou und Karl Zeuge sind.

Rattler erschießt den Häuptling, vermeintlich „aus Notwehr".

Intschu-tschuna stirbt in Winnetous Armen.

Karl und Belle müssen zusehen, wie Rattler sein neues Maschinengewehr testet – eine Waffe gegen die Apachen!

Winnetou wird der neue Häuptling und schwört Rache.

Nscho-tschi bemalt ihren Bruder Winnetou für die bevorstehende Schlacht.

Während die Apachen in einen Hinterhalt laufen, wird Karl gefesselt.

Bancroft und seine Frau warten auf den Angriff der Apachen.

Nach der Niederlage der Apachen: Winnetou ist angeschossen.

Karl bedroht Ugly, ihn mit Winnetou ziehen zu lassen.

Mit Handschlag besiegeln Karl und Winnetou ihren Plan, gemeinsam das Land der Apachen zu retten.

Karl bereitet Dynamitstangen vor.

An der Eisenbahnbrücke entscheidet sich der Kampf zwischen Apachen und Weißen.

Karl ahnte, dass das nicht unbedingt ein Kompliment war.

»Wie hast du mich damit niedergeschlagen«, fragte Winnetou. »Mit einem Hieb?«

Jetzt verstand Karl, worauf der Indianer hinauswollte. Offenbar hatte er Winnetou in seinem Stolz verletzt. »Beim Boxen kommt es nicht auf die Kraft an«, sagte er. »Es ist eine Frage der Technik.«

Winnetou sah überrascht auf. »Zauber?«

»Kein Zauber, Technik. Wenn Sie wollen, kann ich es Ihnen zeigen.«

Es dauerte nicht lange, bis Karl und Winnetou sich mit erhobenen Fäusten, in Boxstellung, gegenüberstanden. Hinter ihnen grasten die beiden Pferde. Wenn jetzt jemand käme, was würde er wohl denken? Ein Apache und ein Bleichgesicht scheinbar kampfbereit im kniehohen Gras …

Karl korrigierte vorsichtig Winnetous Handhaltung. Möglichst verständlich erklärte er ihm Abwehr, Fußstellung und dass er seinem Körperschwerpunkt vertrauen sollte. Winnetou war ein guter Schüler. Er ahmte Karls Schläge in Zeitlupe nach, konzentrierte sich und nahm alle Tipps ernst.

»Den anderen immer beobachten«, erklärte Karl, »was er macht, seine Fäuste.« Er täuschte einen Hieb an. Ein guter Boxer ahnte den Schlag seines Gegners, noch bevor dieser kam. Er interpretierte jede kleinste Veränderung in dessen Haltung und schätzte ihn ein. Boxen war kein Sport für Hitzköpfe, und Winnetou schien einer zu sein. Ihm beizubringen, seine Deckung nicht zu vernachlässigen, war sicher gut. Und vielleicht könnte Karls Training dem Häuptlingssohn bei einer nächsten Auseinandersetzung den Hals retten.

Am nächsten Morgen sah Winnetou Karl beim Rasieren zu. Die rechte Wange und das Kinn hatte Karl bereits glatt geschabt, die linke war noch mit Schaum bedeckt. Vorsichtig zog er das Rasiermesser über seine Haut. Es fühlte sich gut an. Karl war dankbar, dass er seine gesamte Ausrüstung wieder zurückbekommen hatte. Außer der Schokolade natürlich – aber den Proviant hatte er gern geteilt.

Winnetou schüttelte den Kopf und lächelte.

»Rasieren«, erklärte Karl sein Morgenritual.

Winnetou streckte die Hand aus und verrieb ein bisschen Schaum zwischen seinen Fingern, bevor er vorsichtig daran roch.

Konnte es wirklich sein, dass sich die Männer in seinem Stamm nicht rasierten?

Winnetou beugte sich zu Karl und zeigte auf seinen Oberlippenbart. »Warum da nicht glatt?«, fragte er. »Gestrüpp!«

Das wollte Karl nicht so stehen lassen. »Das ist mein Schnurrbart! Den pflege ich seit meiner Studienzeit, der ist …« Er brach mitten im Satz ab. Wie genau sollte er Winnetou den Sinn seiner Gesichtsbehaarung erklären? Er war nicht mit der dazugehörigen Gesellschaft und ihrer Etikette vertraut. Winnetou hielt diesen Brauch bestimmt für ebenso abwegig wie Karl die Vorliebe der Männer in Roswell für Hüte!

Und da kam auch schon der Beweis. »Als ich dich zu Nscho-tschi bringen, verletzt«, sagte Winnetou mit einem schiefen Grinsen, »sie mich fragen, ob du Großmutter. Bei Apachen nur alte Frau Gestrüpp.«

Karl verschränkte die Arme vor der Brust und tat entrüstet. Winnetous Grinsen wurde breiter und steckte Karl an. Karl empfand es fast als Ehre, dass Winnetou sich ein bisschen über ihn lustig machte.

Sie waren auf einem guten Weg. Sie hatten sich unterhalten, hatten das Essen geteilt und lachten zusammen – fast wie Freunde.

Als sie aufstiegen und weiterritten, blieb die Stimmung entspannt. Nach ein paar Stunden erkannte Karl die Eisenbahnbrücke – Roswell war nicht mehr weit. Der Rückweg war wesentlich schneller gegangen als der Hinweg. Karl versprach, einen Verhandlungstermin mit Mister Bancroft auszumachen, und Winnetou und er verabschiedeten sich mit einem wortlosen Nicken. Trotzdem hatte Karl in den Augen des Häuptlingssohnes etwas entdeckt, das er nicht enttäuschen wollte: die Hoffnung darauf, dass Karl dem Apachenstamm wirklich helfen konnte. Nachdenklich ritt Karl die letzten Meilen allein weiter.

KAPITEL 14

Es dauerte nicht lange, und er hörte Pferde wiehern, Zeltbahnen flattern und jemanden lachen. Es fühlte sich seltsam an, als träte Karl in nur wenigen Schritten von einer Welt in die andere. Und beide hatten kaum etwas miteinander zu tun. Rattler, Ugly und die vier überlebenden Männer ihrer Landvermessungstour saßen entspannt auf einer Veranda mitten in der geschäftigen Siedlung und ließen eine Flasche kreisen. Sie trauten ihren Augen nicht, als sie Karl erkannten. Kein Wunder, immerhin hatten sie ihn zurückgelassen und abgeschrieben. Dass er überlebt hatte, war für sie keine glückliche Überraschung.

»Hey Spucknapf!«, rief Ugly Karl entgegen. »Dein Begräbnis war gestern.«

Und Rattler fügte hinzu: »Die Company hat' nen leeren Sarg spendiert, ich habe eine Rede gehalten, stimmt's, Jo?«

Ugly nickte und verzog das vernarbte Gesicht zu einem hässlichen Grinsen. »Ich war gerührt, Boss!«

Karl ließ die Männer links liegen und ritt auf Bancrofts Haus zu. Er hatte Wichtigeres zu tun, als sich mit ihnen abzugeben.

Ganz vermeiden ließ sich das jedoch nicht, denn Bancroft hatte seinen Vorarbeiter dazugeholt, als er verstanden hatte, worauf Karl hinauswollte. Rattler ließ keinen Zweifel daran, was er von Karls Vorschlag hielt. Bei jedem seiner Sätze schüttelte er genervt den Kopf.

»Die Indianer begreifen den Bau der Eisenbahn als kriegerischen Akt«, sagte Karl. »Sie denken, wir wollten ihnen ihr Land wegnehmen.«

Rattler verdrehte die Augen. »Was du nicht sagst, Ingenieur!«

Karl blieb ruhig, er musste den beiden begreiflich machen, dass seine Idee für alle das Beste war. Er wandte sich an Bancroft: »Ich konnte die Apachen überzeugen, dass die Eisenbahngesellschaft an einer gerechten Lösung interessiert ist. Sie sollten, Sie müssen mit Intschu-tschuna verhandeln, Mister Bancroft.«

Bevor Bancroft antworten konnte, mischte sich Rattler ein. »Moment!« Er entsicherte seine Waffe und schwenkte sie in der Luft herum. »Mit fünfzig Mann und genug Munition halte ich Ihnen die Roten auch hiermit vom Hals.«

Karl konnte kaum glauben, was er gehört hatte. »Das wäre Völkermord!«, rief er entsetzt.

Rattler lachte nur, und auch Bancroft schien irritiert von Karls moralischen Bedenken: »Mister May«, sagte er, »was ist das für ein grässlicher Begriff?!«

Karl sah erstaunt zwischen den beiden Männern hin und her. Sie saßen hier, um Blutvergießen zu vermeiden und eine friedliche Einigung zu finden, und seine Gegenüber wollten über Begrifflichkeiten reden? Als wäre ein Mord nur noch halb so schlimm, wenn man ihn anders nannte! Doch Karl wusste, dass es nichts ändern würde, wenn er seine Meinung laut aussprach. Also änderte er seine Taktik. »Ich denke, wir befinden uns in einem Wettrennen. Geschwindigkeit ist das oberste Gebot – das waren Ihre Worte, Mister Bancroft. Und was wäre zeitaufwendiger – und auch teurer – als ein Krieg gegen die Apachen?« Nun hatte er die ungeteilte Aufmerksamkeit seines Chefs. Nachdenklich sah Bancroft ihn an. »Ja, Geschwindigkeit ist das oberste Gebot. Die Konkurrenz verlegt inzwischen drei Meilen am Tag. Und meiner Erfahrung nach sind diese Wilden wie Kinder: Für Glasperlen und Whiskey verkaufen die ihre Großmutter.«

Karl schwieg. Sollte Bancroft die Apachen ruhig unterschätzen. Säßen sie erst einmal an einem Tisch, könnte er keinen Rückzieher mehr machen. Das Wichtigste war, dass beide Seiten zu einem Gespräch bereit waren.

Rattler sprang auf. »Sie ziehen doch jetzt nicht etwa den Schwanz ein vor diesen Roten, oder?«

Bancroft warf seinem Vorarbeiter einen bösen Blick zu. Er mochte Rattlers Ausdrucksweise nicht.

Karl unterdrückte ein Lächeln. Auf Rattlers Unbeherrschtheit und Größenwahn war Verlass. Es sagte viel über ihn aus, dass er Kompromissfähigkeit für eine Schwäche hielt. Während der Eisenbahnchef sich alles noch einmal durch den Kopf gehen ließ, beobachtete Karl dessen Frau durch die Tür des angrenzenden Zimmers. Sie saß mit verkniffenem Gesicht auf dem Bett und fixierte den Hinterkopf ihres Mannes, als könnte sie ihn hypnotisieren. Auch sie schien nichts von Karls Vorschlag zu halten.

Bancroft fasste einen Entschluss. »Mister May, sagen Sie den Apachen, wir verhandeln.«

Mrs Bancroft lachte abwertend und drehte sich weg. Rattler schnaubte und schüttelte mit dem Kopf.

Nun hatte Bancroft genug. »Und Sie, Rattler«, befahl er, »bauen mir endlich diesen Tunnel fertig!«

Rattler murmelte: »Sie sind der Boss.« Es klang grimmig, weniger nach einem Eingeständnis als nach einer Drohung. Als wollte Rattler andeuten, dass sich die Machtverhältnisse schnell ändern könnten.

Karl jedoch war erleichtert. »Gute Entscheidung«, sagte er und nickte Bancroft anerkennend zu.

Nun musste Karl nur noch dafür sorgen, dass die Verhandlungen auch gut verliefen. Schließlich war er dafür verantwortlich.

KAPITEL 15

Am Tag der Verhandlung sah Karl der Delegation der Apachen mit gemischten Gefühlen entgegen. Rattler und seine Männer hatten darauf bestanden, für die Sicherheit zu sorgen. Bis an die Zähne bewaffnet hatten sie sich strategisch rund um den Vorplatz des Eisenbahnhauptquartiers aufgestellt. Die Einwohner von Roswell, die sich nicht in ihren Hütten und Zelten verschanzt hatten, standen an der Lehmstraße und sahen den Apachen, die auf sie zugeritten kamen, ängstlich entgegen. In seinem Häuptlingsgewand wirkte Intschu-tschuna fremd und bedrohlich auf sie. Die Kriegsbemalung auf den Gesichtern der Indianer und Winnetous Brustschurz verunsicherten die meisten noch mehr.

Auch die Indianer waren erstaunt. Ungläubig ließ Winnetou seinen Blick über Roswell schweifen; er verstand nicht, wie die Weißen so leben konnten. Selbst die Antwort seines Vaters – dass diese es eben nicht besser wüssten – überzeugte Winnetou nicht. Intschu-tschuna zügelte sein Pferd, als er auf einer Bank vor einem halb fertigen Haus einen alten Indianer erkannte. Er hatte eine Schnapsflasche wie seinen wertvollsten Besitz unter den Arm geklemmt. Erschrocken riss er die Augen auf, als er seinen Namen hörte.

»Tangua?« Intschu-tschuna war stehen geblieben und sah von seinem Pferd auf die abgerissene Gestalt hinab. »Was ist aus dem stolzen Feind der Apachen geworden?«

Tangua schüttelte die letzten Tropfen milchiger Flüssigkeit in seiner Flasche. »In dieser Flasche«, seufzte er und zuckte mit den Schultern, »wohnt ein Geist, der stärker ist als ich.« Er bemühte sich vergeblich, dem Blick des Häuptlings standzuhalten.

»Ich erinnere mich«, sagte Intschu-tschuna leise, »wie Tangua als junger Krieger auf dem Schlachtfeld kämpfte. Keiner konnte ihn besiegen.«

Tangua nickte halbherzig, als wäre diese Erinnerung für ihn nur noch ein ferner Traum. Dann rappelte er sich plötzlich auf und kam dem Apachenhäuptling ein paar unsichere Schritte entgegen. »Traue den Weißen nicht!«, warnte er schnell und eindringlich. »Sie haben keine Seele.« Als hätte ihn dieser Satz unendlich angestrengt, stolperte er zurück zu seinem Lager und ließ sich wieder darauf nieder.

Die Apachen ritten weiter, durch die vor ihnen zurückweichende Menschenmenge. Plötzlich versperrte Ugly ihnen den Weg. Sein Gewehr hielt er für alle gut sichtbar in die Höhe und hob herrisch eine Hand. Karl sah, wie Winnetou auch für einen kurzen Moment die Hand hob, doch dann begriff er das Missverständnis: Ugly wollte ihn nicht begrüßen, sondern ihnen etwas befehlen. Mit einem ausgestreckten Finger zeigte Ugly auf Vater und Sohn: »Du und du – ihr weiter. Der Rest hier warten!« Abfällig beäugte er Intschu-tschuna. »Du verstehen, Grandpa?«

Der Häuptling ließ sich nicht aus der Ruhe bringen. »Ich gebe mir Mühe«, antwortete er mit leisem Spott.

Langsam stieg er von seinem Schecken und trat mit Winnetou näher an den Verhandlungstisch.

Karl stand bei Bancroft, der an einem Tisch unter freiem Himmel saß. Vor ihm lag die Landvermessungskarte, neben billigem Modeschmuck, einigen Flaschen Whiskey und drei Gläsern.

Intschu-tschuna legte die rechte Hand zum Gruß aufs Herz, doch nur Karl folgte seinem Beispiel. Bancroft gab dem Häuptling zu verstehen, sich auf den einzigen Stuhl ihm gegenüber zu setzen. Winnetou stellte sich hinter seinen Vater.

Kaum hatte der Häuptling Platz genommen, deutete der Eisenbahnchef auf die Gegenstände auf dem Tisch.

»Reichtum«, pries er mit falscher Begeisterung an, »Edelsteine, Schmuck für deinen Stamm, für die Frauen – Squaws!« Er klang, als spräche er mit einem Kind, und lächelte siegessicher.

Intschu-tschuna schwieg, doch der Blick, den er Karl zuwarf, sagte alles: »Siehst du, wir werden für dumm verkauft, wie ich es vorausgesagt habe.«

Karl sah peinlich berührt zu, wie sein Chef nun eine Whiskeyflasche entkorkte und drei Gläser füllte, die seiner Gäste doppelt so voll wie das eigene. Was auf den ersten Blick wie eine gastfreundliche Geste wirkte, war Teil des Plans. Offenbar hoffte er, dass die Verhandlungen mit zwei betrunkenen Partnern zu seinen Gunsten ausfallen würden. »Cheers!« Bancroft prostete Intschu-tschuna und Winnetou zu. Weder Vater noch Sohn tranken den Alkohol, also nahm Bancroft allein einen ordentlichen Schluck.

»Apachen wissen, sie können das Feuerross nicht aufhalten«, sagte Intschu-tschuna. »Sein schwarzer Atem wird den Himmel verdunkeln.«

Bancroft blinzelte unsicher, der Einstieg schien Erfolg versprechend, doch der Ausdruck »schwarzer Atem« gefiel ihm nicht. Er beschloss aber, freundlich zu bleiben.

»Gegen den Fortschritt sind wir machtlos. Wir müssen uns alle anpassen, so gut es geht, und …«

Der Apachenhäuptling brachte ihn mit erhobener

Hand zum Schweigen. »Feuerross wird nicht durch das Land der Apachen reiten«, sagte er bestimmt. »Es muss sich anderen Weg suchen.«

Bancrofts Augen wurden groß. Er lachte unsicher. »Na, Sie sind lustig!«. Er schüttelte den Kopf und drehte sich zu Rattler, der das Gesicht verzog und die Hand an seinen Revolver legte, als wollte er sagen: ›Hab ich Sie nicht gewarnt, mein Weg wäre einfacher und würde schneller zum Ziel führen.‹

Geschäftsmäßig faltete Intschu-tschuna nun Karls Karte auf und strich sie zwischen sich und Bancroft auf dem Tisch glatt. Er zog mit dem Zeigefinger eine Linie. »Grenze unseres Landes«, machte er klar und deutete dann auf den linken Rand der Zeichnung. »Bleichgesichter ihren Pfad aus Stahl hier verlegen.«

Bancroft warf Karl einen verwunderten Blick zu, er konnte sich nicht erklären, weshalb der alte Indianer so genau Bescheid wusste.

Karl und Winnetou nickten sich zu. Karl hatte Intschu-tschuna gut vorbereitet. Mit unsicherem Lachen überschlug Bancroft die vorgeschlagene neue Route. »Das ist ja ein Umweg von 60 bis 70 Meilen!«, rief er dann. »Da verlieren wir eine Unmenge an Zeit!«

Das war Karls Stichwort. Er trat näher heran und beugte sich über den Tisch. »Nicht unbedingt, Mister Bancroft. Mister Rattler und ich haben das Gelände während unserer Expedition begutachtet. Es ist sehr hügelig und von vielen Flüssen durchzogen.« Karl ignorierte Rattlers Stöhnen und zeigte eine alternative Route. »Wenn die Strecke hier außen entlangführt«, erklärte er, »wäre das schneller und einfacher.«

Bancroft zögerte, doch Karl ließ nicht locker. »Wir könnten sogar Zeit gewinnen.«

Hinter sich hörte er Rattlers Schnauben. Er war ganz offensichtlich beleidigt, weil er dadurch seinen Traum von Rattler-Town dahinschwinden sah.

Aber auch Bancroft schien noch nicht ganz überzeugt. »Dann hätten wir die Brücke und den Tunnel ja umsonst gebaut. Wie soll ich das den Aktionären erklären?«

Karl blieb ganz ruhig. »Die Aktionäre wollen die Konkurrenz überholen, oder?«

Sein Chef nickte.

In dem Moment mischte sich Rattler ein. »Schluss mit dem Blödsinn«, verlangte er wütend und wandte sich an alle, die in Hörweite waren. »Ich komm aus den Slums von Chicago. Zehnköpfige Familien hausen in Kammern ohne Fenster, und diese Wilden wollen den halben Bundesstaat als ihren Scheißgarten?«

Karl stutzte. Das Argument war ebenso persönlich gefärbt wie unsachlich. Und doch schien es vielen hier aus dem Herzen zu sprechen. Die Atmosphäre veränderte sich. Bisher war es um die Verhandlung zweier Parteien gegangen. Nun spielten plötzlich private Gefühle eine Rolle. Das war nicht gut. Er hoffte, die Gespräche zwischen den Apachen und Bancroft schnell zu einem guten Ende zu bringen, bevor die Stimmung zugunsten von Rattler kippte. Als Bancroft entschlossen aufstand und nach einem Bleistift und einem Lineal verlangte, atmete Karl auf. Offenbar hatte auch der Chef der Eisenbahngesellschaft einen schnellen Kompromiss im Auge. Bancroft zog einige Linien auf der Karte – um das Land der Apachen herum. Er maß sie aus und begann zu rechnen.

Karl bedeutete Intschu-tschuna mit einem Nicken, Ruhe zu bewahren. Sie waren auf einem guten Weg. Und tatsächlich sah Bancroft auf und lächelte.

Doch Rattlers schneidende Stimme fuhr dazwischen und er machte erneut Stimmung gegen den Kompromiss. »Die Eisenbahn hat uns Land statt Lohn versprochen. War das jetzt 'ne Lüge, oder was?«

Irritiert drehte Bancroft sich um. »Dieser Kontinent hat Land im Überfluss. Sie werden sich Ihren Platz an der Sonne wohl außerhalb des Apachengebiets suchen müssen, Mister Rattler.«

Karl war erleichtert. Rattlers Einmischungen schienen nichts an der Bereitschaft Bancrofts zu ändern, sich mit den Indianern zu einigen. Trotzdem hoffte er, schnell zu einer Übereinkunft zu kommen. Die Arbeiter hier waren mehr als bereit, sich von Rattler aufwiegeln zu lassen.

Und nach dem Faustkampf mit Ugly wusste Karl aus eigener Erfahrung, dass dieser nicht zu unterschätzen war.

Als Bancroft Intschu-tschuna nun die Hand entgegenstreckte, war Karl stolz auf seinen Chef. Mit diesem Handschlag würde Bancroft ein echtes Zeichen setzen.

Der Häuptling der Apachen stand auf. Was er sagte, klang wie ein Versprechen. Wahrscheinlich hieß das auf Indianisch »Abgemacht«.

Karl lächelte Winnetou zu. Nur deswegen verpasste er, wie Intschu-tschuna ein Messer zückte, um sich – als Bekräftigung für seine Worte – in die Handfläche zu ritzen. »Blut wird unser Vertrag.« Er nickte. Weiter kam er nicht.

»Der Rote hat ein Messer!«, schrie Rattler, und zeitgleich fiel ein Schuss. Die Kugel durchschlug Intschu-tschunas Oberkörper. Durch die Wucht zurückgeworfen, taumelte der Häuptling in die Arme seines Sohnes.

Karl erstarrte. Winnetou fing seinen Vater auf und ließ ihn sanft auf den Boden gleiten. Dessen Lederoberteil färbte sich rot. Intschu-tschuna küsste seinen Sohn sanft, dann fiel sein Kopf nach hinten. Er war tot.

Wie in Zeitlupe blickte Karl um sich. »Was haben Sie getan?«, schrie er Rattler an, der keinerlei Reue zeigte. Bancroft sank mit aschfahlem Gesicht auf seinen Stuhl zurück. Tumult brach aus.

Mit einem Satz war Winnetou mit gezücktem Messer auf dem Tisch, Rattler fest im Blick. Alle Indianer hatten ihre Bögen gespannt. Rattlers Männer – die ihnen gegenüberstanden – entsicherten die Gewehre.

Karl bemühte sich um Augenkontakt mit Winnetou und schüttelte warnend den Kopf. Sie saßen auf einem Pulverfass. Ein einziger Funke und alles würde detonieren. Wenn Winnetou auch nur einen einzigen Schritt nach vorn ging, würde Rattler das Feuer eröffnen. Karl schob sich zwischen die beiden Männer. Weniger um Rattler, aus dessen Augen Mordlust sprach, vor Winnetou zu schützen, als um zu verhindern, dass dieser das Feuer auf die Indianer eröffnete. Hoch aufgerichtet und starr stand Winnetou da und blitzte den Mörder seines Vaters an.

»Soll ich sie abknallen, Boss?«, rief Ugly.

Auch Winnetous Männer schienen eine Entscheidung zu erwarten.

Karl sah Winnetou fest an. »Bitte nein«, flüsterte er.

Jeder Muskel in Winnetous Körper war angespannt. Karl wusste, wenn er wollte, könnte der Häuptlingssohn sich mit nur einem Sprung über ihn hinweg auf Rattler stürzen. Und sehr wahrscheinlich würde er diesen töten, bevor er seine Waffe einmal abgefeuert hatte. Doch was dann? Wie viele Unschuldige würden danach auf beiden Seiten ihr Leben verlieren? Als hätte Winnetou Karls Gedanken gelesen, ließ er das Messer fallen. Es fiel auf den Tisch, direkt vor den zusammengesunkenen Bancroft.

Winnetou sprang auf die Erde und nahm den Körper seines Vaters auf die Arme. Dann entfernte er sich langsam. Hoch aufgerichtet ritt er mit seinen Kriegern davon, dabei hielt er Intschu-tschuna vorsichtig in den Armen. Die Worte, die Winnetou dabei zu seinem Volk sprach, verstand Karl nicht, doch sie klangen ebenso traurig wie entschlossen. Winnetou hatte eine Entscheidung getroffen. Welche, konnte Karl nur ahnen.

Karl schlug Rattler die Waffe aus der Hand. Er traute dem Mann alles zu. Auch dass er Winnetou in den Rücken schießen würde.

Während die Indianer mit ihrem toten Häuptling langsam davonritten, wandte sich Karl an Bancroft. Am liebsten hätte er ihn geschüttelt.

»Worauf warten Sie noch? Lassen Sie den Mörder einsperren!«

Doch Bancroft rührte sich immer noch nicht, während Rattler von sich und seinem Handeln vollkommen überzeugt war. »Ich hab aus Notwehr geschossen. Der rote Nigger hat sein Messer zuerst gezogen. Ich habe Zeugen, oder?«

Seine Männer nickten und Rattler sah Karl amüsiert an. Das Ganze schien ihm Spaß zu bereiten. »Außerdem«, fuhr er fort, »wer beschützt denn diese Stadt vor den Wilden?« Karl starrte Rattler an. Er konnte es nicht fassen. Mit nur einem Satz hatte Rattler seine Machtposition ausgebaut und die Leute auf seine Seite gebracht. Er hatte einen Krieg angezettelt, um seine Stellung zu sichern. Und als sich Karl umsah, musste er erkennen, dass Rattlers Rechnung aufging. Alle Augen richteten sich hoffnungsvoll auf Rattler. Seine Hemmungslosigkeit war für die meisten der Beweis dafür, dass er sie vor der Rache der Indianer beschützen würde. Dass Rattler dafür verantwortlich war, dass die Situation überhaupt eskaliert war, schien nur Karl aufzufallen.

Er sah den Indianern hinterher. Winnetou und sein Stamm würden den Tod ihres Häuptlings nicht einfach so hinnehmen. Sie würden sich sicher rächen. Schmerz und Trauer waren keine guten Berater für einen möglichen Frieden.

Um zu retten, was zu retten war, drehte Karl sich zu seinem Chef. »Mister Bancroft«, beschwor er ihn, »Sie haben entschieden, dass die Strecke nicht durch das Gebiet der Apachen verlaufen wird. Der Handschlag gerade eben!« Bancroft sah hilflos in die ängstlichen Gesichter seiner Arbeiter. »Ich bin doch nur ein kleiner Angestellter«, murmelte er dann. »Die Pacific Railroad erwartet von mir, dass ich diese Strecke baue. Mit welchen Mitteln ist denen völlig egal. Also warum sollte ich ein schlechteres Gewissen haben als die Firma, für die ich arbeite?«

Karl starrte ihn an. Noch vor ein paar Minuten war er stolz auf Bancroft gewesen. Jetzt schämte er sich für ihn.

Enttäuscht erkannte Karl den wahren Grund, warum Bancroft bereit gewesen war, sich mit den Apachen zu treffen. Und dieser hatte nichts mit Gerechtigkeit zu tun, sondern nur mit seinem fehlenden Rückgrat. Der Mann drehte sich schneller als eine Fahne im Wind, suchte den einfachsten Weg, nicht den besten. Er war sich selbst der Nächste. Moral und Gerechtigkeit hatten da keinen Platz. Karl hatte auf den falschen Mann gesetzt.

Als wollte er Karl den letzten Beweis dafür geben, rappelte sich Bancroft auf und drehte sich in Richtung seines Hauses. »Mister Rattler«, sagte er, »die Verteidigung Roswells liegt in Ihren Händen. Sie haben vorerst das Kommando.«

Rattler grinste.

»Das können Sie doch nicht machen, Bancroft!«, rief Karl. »Und ob«, antwortete Rattler. »Und du bist gefeuert, Ingenieur!«

Das Lachen von Rattlers Männern klang Karl in den Ohren, als er sich hilflos umsah. Roswell verlassen? Er konnte doch nicht einfach gehen, oder? Er hatte eine Verantwortung. Die Frage war nur: wem gegenüber.

KAPITEL 16

An diesem Abend stand Karl im Saloon und hielt sich schwankend am Tresen fest.

»Noch einen«, bat er den Barkeeper und warf einige seiner letzten Münzen auf das Holz. Er wollte vergessen, was geschehen war. Doch das stellte sich als schwerer heraus als gedacht. Auch wenn sein Blick längst unscharf war und seine Finger ihm nicht mehr gehorchten – noch immer sah er den überraschten Blick Intschu-tschunas vor sich. Das Loch in seiner Brust. Winnetous Schmerz und seine Wut. Und Rattlers selbstzufriedenes Grinsen.

Er kippte den Whiskey in einem Zug hinunter. In seiner Nähe saß Belle und beobachtete ihn. Dann stand sie auf, stellte sich dicht neben ihn und schob das Glas aus seiner Reichweite. »Das reicht, Süßer, du kannst ja gar nicht mehr stehen!«

Karl ließ den Kopf hängen. »Aber denken kann ich

noch«, murmelte er. Er schaute in die Runde und sagte laut: »Und ich denke, ich hätte zu Hause bleiben sollen! Ich denke, wir hätten alle zu Hause bleiben sollen!«

Ein paar Männer sahen kurz zu ihm hin, dann zuckten sie mit den Schultern und wandten sich wieder ihren Gesprächen zu.

»Wir sind nämlich die Wilden.« Karl ließ nicht locker. »Wir! Nicht die!«

Ein paar Leute lachten. Niemand nahm die Worte eines betrunkenen Ingenieurs ernst.

Karl fühlte sich allein, wie ein Außenseiter, und sah Belle an. »Die Apachen, die ermorden niemanden hinterrücks. Die rauben auch kein Land. Die gehen nicht nach Geld und Besitz. Nur wir. Wir machen das.« Er musste an seine Zeit im Apachendorf denken. Daran, was Nscho-tschi gesagt hatte: dass Apachen miteinander teilten. Dass ihre Welt auch ohne Fortschritt vollkommen war. Und was taten sie, die Weißen? Sie machten das alles zunichte, als hätten sie ein Recht dazu. Voller Wut zerschmetterte er sein Glas auf dem Boden.

Belle hakte ihn unter. »Es reicht jetzt, du musst nach Hause. Raus hier!«

Karl ließ sich von ihr aus dem Saloon führen. Nach Hause, hatte sie gesagt, aber wo sollte das sein? Er hatte kein Zuhause. Und die Indianer bald auch nicht mehr. Was musste Nscho-tschi nun von ihm denken? Er wünschte, er könnte ihr wenigstens alles erklären. Am liebsten würde er die Zeit zurückdrehen, bis zu dem Moment, als er mit ihr in der Sonne gesessen und über den See geblickt hatte. Doch daran würde sie im Moment sicher nicht denken, sie hatte Wichtigeres zu tun.

Karls Vermutung war richtig. Nscho-tschi hatte den Körper ihres Vaters gewaschen, versorgt und in seinem Zelt aufgebahrt. Nun bereitete sie ihn auf das Grabritual vor, während sich der ganze Stamm draußen zu Tänzen und Gesängen versammelt hatte. Vorsichtig legte sie einen Stein auf Intschu-tschunas Kinn. Mit einer Handvoll Federn fächerte sie den wohlriechenden Kräuterrauch einer kleinen Fackel in seine Richtung, um seinem Geist den Übergang in die ewigen Jagdgründe zu erleichtern.

Ihr Bruder Winnetou sah ihr zwar dabei zu, war mit den Gedanken jedoch woanders. Schließlich griff er nach dem Kopfschmuck des Häuptlings. Nscho-tschi schüttelte den Kopf. Sie ahnte, was in Winnetou vorging, doch es war zu früh, um nun schon die Verantwortung für den gesamten Stamm zu übernehmen.

»Der große Geist verlangt von dir zwei Monde der Trauer«, sagte sie.

Trotzdem setzte sich ihr Bruder den Schmuck des Häuptlings auf. »Der große Geist wird sich gedulden müssen, bis ich unseren Vater gerächt habe«, widersprach er.

Nscho-tschi hielt ihn nicht auf, sie sah ihm nur besorgt nach, als er das Zelt verließ.

»Krieg den Bleichgesichtern«, waren Winnetous erste Worte als Nachfolger seines Vaters. Kriegsgesänge und Tänze mischten sich in die Trauerfeier. Nscho-tschi sah auf das stille Gesicht ihres Vaters und seufzte. Auch wenn sie wusste, dass Winnetous Weg ein Weg der Rache sein würde, wusste sie auch, dass sie ihren Bruder nicht aufhalten konnte. Und auch die Krieger ihres Stammes standen hinter ihm.

Nscho-tschi verließ das Zelt ihres Vaters und half bei den Vorbereitungen. Während sie Winnetous Gesicht mit blauer Farbe verzierte, sprach sie an, was sie die ganze Zeit schon auf dem Herzen gehabt hatte. »Hat Old Shatterhand unseren Vater in den Hinterhalt geführt?« Sie sah ihrem Bruder in die Augen. Sie musste die Wahrheit wissen. Winnetou schüttelte den Kopf. »Old Shatterhand hat sich in seinem eigenen Volk getäuscht«, antwortete er dann. Nscho-tschi nickte. Hatten die Götter sich also doch nicht grundlegend in dem Mann mit den hellen Haaren getäuscht. Und sie auch nicht. Aber was bedeutete das für die nächsten Stunden? »Wirst du in der Schlacht gegen ihn kämpfen?«

Winnetou war sehr ernst. Nur wer ihn gut kannte, bemerkte das kurze Zucken seiner zusammengepressten Lippen. Ein Zeichen dafür, dass ihn etwas irritierte oder beschäftigte. Nachdenklich sah er sie an. Er erkannte, dass ihre Sorge nicht nur ihm galt. Eine klare Antwort hatte er allerdings auf diese Frage nicht.

Nscho-tschi blickte traurig in die Ferne. Wenn es nach ihr ginge, würde sie die Zeit zurückdrehen. Dinge ändern. Doch die Götter wussten, was sie taten. Darauf musste sie vertrauen.

KAPITEL 17

Gerade noch war er in einem glasklaren See geschwommen und hatte Fische gejagt, da riss Karl das metallene Klimpern von Münzen aus dem Schlaf. Müde und mitgenommen öffnete er die Augen und sah sich um. Er lag in einem Zelt, die Wände waren von hellen Tüchern bedeckt. Er lag nicht auf dem Boden, sondern in einem weichen Bett, den Kopf auf einem mit Spitze verzierten Kissen. Es roch sauber nach Seife und etwas Süßem. Blumen? Karl richtete sich stöhnend auf.

»Morgen, Sonnenschein«, begrüßte ihn eine fröhliche Stimme.

Belle. Sie saß am Ausgang des Zelts auf einem Hocker, zählte Geldscheine und Münzen und notierte Zahlen in einem Buch.

Karl fasste sich an den schmerzenden Kopf. »Wie bin ich hierhergekommen?«

»Huckepack.« Belle lachte. »Du hast mich Schoschi genannt und mir bunte Bildchen gezeigt.«

Karl quälte sich auf die Beine. Er hatte sie Nscho-tschi genannt? Wie viele Whiskeys hatte er sich gestern genehmigt? Unterschiedlicher konnten zwei Frauen kaum sein. Stöhnend lief er die paar Meter zu Belle und ließ sich neben sie sinken. Sie klopfte ihm auf die Wange, klappte ihre Geldkiste zu und addierte ein paar Zahlen auf Papier. »Noch 315 Dollar und 26 Cent und ich kauf mir das Grundstück an der Ecke«, sagte sie.

Karl folgte ihrem Blick zu dem Schild auf der anderen Seite der Straße. »Zu verkaufen« stand darauf. Die Lage war gut. »Diesem Kaff hier fehlt ein Laden, in dem es alles gibt«, erklärte Belle. »Von der Axt bis zur Zahnseide. Und das wird mein Laden.«

Karl nickte ihr zu. Das konnte er sich gut vorstellen. Belle hatte Verstand und Geschäftssinn. Und Roswell könnte einen gut sortierten Laden brauchen. Karl hoffte, sie würde ihren Traum wahr machen. Er selbst dürfte dann schon weit weg von hier sein. Rattler hatte keinen Zweifel daran gelassen, dass er ihn in einen der nächsten Züge nach New York setzen wollte. Hierzubleiben war also keine Alternative. Auch wenn Karl noch immer keine Vorstellung davon hatte, wohin ihn sein Weg führen sollte. Einen Moment dachte er an Leipzig, seine Heimatstadt. Doch irgendwie schien es unpassend, einfach wieder zurückzugehen. Vielleicht konnte er in New York eine Anstellung finden? Ingenieure wurden nicht nur bei der Bahn gebraucht. Er seufzte. Damit könnte er sich auch morgen noch auseinandersetzen. Oder später. Wenn das Hämmern in seinem Kopf endlich aufgehört hätte.

Karl zuckte zusammen. Nun hörte er auch draußen einen höllischen Lärm. Dann wusste er, was es war: Schüsse. Es waren aber keine Schüsse aus einem Revolver oder Gewehr. Innerhalb weniger Sekunden fielen zwanzig oder mehr Schüsse. Karl stürzte auf die Straße, um zu sehen, was los war. Auf dem Vorplatz der Pacific Railroad testeten Rattler und seine Männer ein Maschinengewehr. Begeistert zielten sie auf eine Strohpuppe in sicher fünfzig Meter Entfernung. Statt eines Hutes, wie Karl es erwartet hatte, trug sie nur einen Kürbis als Kopf. Das orange-rote Fleisch wurde von Kugeln zerfetzt und spritzte in sämtliche Richtungen. Karl wurde schlecht.

Rattler, der Karl entdeckte, grinste und rief: »Das nenne ich zur Abwechslung mal eine sinnvolle Erfindung von euch Ingenieuren.«

Karl war entsetzt. Er ahnte, was die Männer hier ausprobierten: Wie sie einen Gegenangriff der Indianer am schnellsten und effizientesten niederschlagen konnten. Gegen das Maschinengewehr hätten Winnetou und seine Krieger mit ihren Pfeilen, Bögen und Speeren keine Chance. Sie würden in Sekunden niedergemäht.

Karl ging näher an die Männer heran. »Das können Sie nicht machen, das werde ich nicht zulassen.«

»Die Rothäute greifen uns an, wir verteidigen uns!« Rattler nutzte dasselbe Argument wie gestern und versuchte, seine Kaltblütigkeit als Gerechtigkeit zu tarnen.

Karl sah rot. Männer wie Rattler würden die Wahrheit immer zu ihren Gunsten verdrehen. Er packte Rattler am Kragen und schüttelte ihn wütend. Es fühlte sich gut an, dauerte allerdings nicht lange. Rattlers Männer waren in der Überzahl und so wurde Karl schnell von zwei grimmigen Arbeitern zurückgerissen und festgehalten. Rattler spuckte aus. »Eines Tages hast du 'ne Feder im Haar und läufst hier nackt durch den Wald wie dein Indianerfreund.« Er schlug zu. Karl sah den Schlag auf sich zukommen, konnte jedoch nichts dagegen tun. Die Männer rechts und links von ihm hielten ihn wie in einem Schraubstock. Rattlers Faust traf seinen Magen. Würgend klappte Karl nach vorn. Für einen Moment dachte er, das sei alles gewesen, denn die beiden anderen ließen ihn los. Aber kaum war er auf dem Boden gelandet, traf ihn ein Stiefel am Kinn: Ugly.

»Stellt ihn mir richtig hin«, befahl Rattler und löste schadenfroh die Peitsche von seinem Gürtel. Unsanft wurde Karl hochgezogen.

»Sie sind Feiglinge und Verräter!«, rief Karl, doch im selben Moment traf ihn der erste Peitschenhieb auf dem

Rücken. Es brannte wie verrückt, aber Karl biss die Zähne zusammen. Er würde Rattler nicht auch noch die Genugtuung gönnen, zu schreien! Die Peitschenschnur knallte in der Luft, bevor sie erneut auf ihn herabsauste. In kurzer Folge schlug Rattler viermal zu, dann endlich gelang es Karl, seinen linken Arm freizubekommen. Er griff nach dem Ende der Peitsche, fasste zu, wickelte die Schnur um sein Handgelenk und riss sie Rattler mit einem Ruck aus der Hand. Wütend stürzte Karl sich auf ihn, um ihn zu schlagen, doch Rattler hatte bereits seinen Revolver in der Hand. Und er war nicht der Einzige. Alle um ihn herum entsicherten ihre Waffen und richteten sie auf Karl. Karl bewegte sich nicht. Jeder Einzelne von ihnen sah aus, als würde er nur zu gern abdrücken. Anschließend würden sie das als Notwehr erklären … Karl war wütend, aber er wartete still ab, was als Nächstes passieren würde.

»Die Pacific Railroad erschießt keine Weißen«, mischte sich da Bancroft ein.

Wie lange hatte er das Geschehen schon beobachtet?

Rattler zögerte, nahm die Waffe jedoch nicht herunter. »Schlechte Publicity schadet nur dem Börsenkurs«, sagte Bancroft.

Karl sah fassungslos von Bancroft zu Rattler. Die beiden passten wirklich gut zusammen. Der eine nutzte jeden Vorteil, um seine Machtstellung auszubauen. Der andere verschanzte sich hinter Vorschriften und Aktionären.

Für einen Moment sah es aus, als wären Rattler Publicity, Börsenkurs und die Ansage seines Chefs egal. Doch dann ließ er den Revolver sinken. Die Zweiklassengesellschaft hatte Karl das Leben gerettet. Wäre Karl ein Indianer gewesen, hätte Rattler ihn erledigt.

»Schmeißt ihn morgen in den ersten Zug«, befahl Rattler seinen Männern.

Karl blickte Hilfe suchend zu Bancroft. Doch der Chef der Eisenbahngesellschaft wandte den Blick ab, als Rattlers Männer Karl nun Handschellen anlegten und darüber diskutierten, wo sie ihn am besten verwahrten, während sie den erwarteten Angriff der Indianer niederschlugen. Mit hängenden Schultern ließ Karl sich abführen. Er konnte nichts mehr tun. Wenn Winnetou und seine Krieger Roswell angriffen, würden sie sich nicht in einem Kampf Mann gegen Mann befinden. Sie würden gegen ein Maschinengewehr verlieren. Als Rattlers Männer Karl unsanft mit sich rissen, spuckte Karl erschöpft aus. Blut hatte sich in seinem Mund gesammelt. Die Tritte waren nicht gerade freundlich gewesen. »Ihr Schweine!«, rief Karl, bevor er davongezerrt wurde, doch darüber lachte Ugly nur.

Karl hob nicht den Kopf, als er über die Türschwelle in ein Gebäude gezerrt wurde. Er starrte auf die rohen Holzdielen und die darauf verteilten Läufer. Erst als sein Blick auf die eierschalenfarbenen Vorhänge fiel, die beinahe bis zum Boden reichten, wusste er, wo sie ihn hingebracht hatten. Nicht ins Gefängnis, denn so etwas gab es in Roswell nicht. Nein, sie hatten ihn ausgerechnet in den Hauptraum der Pacific Railroad geschleift: Büro und Wohnzimmer der Bancrofts in einem. Einer der Männer drückte ihn an den Schultern hinunter, der zweite fesselte ihn mit Handschellen an den gusseisernen Ofen. Dann drehten sie sich um und gingen.

Zurück blieben Bancroft, seine Frau und einige andere wichtige Bürger und Bürgerinnen. Aber keiner von ihnen beachtete Karl. Sie sahen an ihm vorbei, als wäre er ein Möbelstück.

Auch Karl wandte sich von ihnen ab. Bei ihrem Anblick wurde ihm übel. Wie konnten sie behaupten, zivilisierte Menschen zu sein, und so etwas zulassen? Durch das Lochmuster des Vorhangs sah Karl, dass die Sonne unterging. Würden die Apachen noch heute Nacht angreifen oder morgen? Morgen, wenn er sich schon auf dem Weg zurück nach New York befand? Wenn er doch nur irgendetwas tun könnte. Karl schloss die Augen. Er fragte sich, wo Winnetou jetzt war und was er tat? Karl wünschte, er hätte die Möglichkeit, ihn zu warnen.

KAPITEL 18

Winnetou und seine Krieger ahnten nichts von Karls Gedanken. Sie sahen von einem der Hügel hinab auf Roswell. Das Dorf der Weißen war dunkel, niemand befand sich auf den Straßen. Nur hier und da leuchtete Licht aus den Häusern und Zelten. Alles wirkte normal, so, als erwarteten die Einwohner keinen Gegenschlag der Apachen, dessen Häuptling sie ermordet hatten.

Winnetou kniff die Augen zusammen und gab seinen Männern ein Zeichen. Nur eine Fackel – die von Winnetou – brannte weiter, während sie sich am Waldrand sammelten. Langsam ging Winnetou zwischen seinen Kriegern hin und her. Im Dunkeln war nur das Weiß ihrer Augen zu erkennen. Ihre bemalten Gesichter verschwanden fast in dem spärlichen Licht.

»In vierzig Wintern«, sagte Winnetou, »werden wir

ums Feuer sitzen. Und uns Geschichten erzählen.« Er hob seine Fackel und lächelte. »Alte Männer, mit müden Knochen. Wir werden die toten Krieger feiern. Und uns erinnern, wie wir das Feuerross verjagten.«

Zustimmendes Gemurmel war zu hören und Winnetou warf einen Blick hinunter auf Roswell. Er hoffte, dass er recht behalten würde. Er musste davon ausgehen, dass alles gut ging. Die Weißen hatten ihre Rache verdient!

»Irgendwann werden wir Großväter sein«, sagte er. »Mit Kindern und Kindeskindern, aber ...« Jetzt saugte er seine Lippen ein und nuschelte: »... ohne Zähne im Mund.«

Die anderen lachten.

Winnetou blickte einen nach dem anderen fest an. »Doch wir werden frei sein. Ein stolzer, freier Stamm!«

Die Männer nickten und stellten sich hinter ihn. Mavis Vater zeigte auf Winnetous Fackel und lächelte ihn an. »Wir vertrauen dir!«

Sie alle hatten ihn als ihren neuen Häuptling anerkannt. Er würde sie in die Schlacht führen und so viele wie möglich auch unverletzt wieder heraus.

Winnetou schwang sich auf sein Pferd und ritt voran. Sie bewegten sich geräuschlos, wie sie es immer taten, wenn sie auf dem Kriegspfad waren. Die Weißen würden gar nicht mitbekommen, wer oder was sie getroffen hatte.

Karl warf einen Blick auf die Pendeluhr. Die Zeiger verschwammen vor seinen Augen. Wie lange saß er hier schon fest? Er lauschte. Es war still. Zu still. Nicht einmal das Schreien eines Nachtvogels war zu hören. Aber sämtliche Türen waren auch verbarrikadiert, die Fenster geschlossen, die Vorhänge zugezogen. Vielleicht war es deshalb so ruhig?

Mister und Mrs Bancroft und ihre Besucher saßen in den weichen Sesseln und tranken Tee. Als hätten sie sich hier versammelt, um ein Theaterstück anzusehen und anschließend zu applaudieren.

Karl riss halbherzig an den Metallfesseln. Keine Chance. Der Ofen war echte Wertarbeit und die Handschellen schnitten ihm in die Haut. Karl holte tief Luft und versuchte an die Vernunft von Bancroft und seinen Besuchern zu appellieren. Sie waren doch zivilisierte Menschen, sie konnten doch nicht gutheißen, was Rattler und seine Männer vorhatten, oder?

»Im Namen der Zivilisation und der Menschlichkeit«, sagte Karl und versuchte wenigstens zu einem hier im Raum Blickkontakt herzustellen. »Das können Sie doch nicht zulassen!«

Die Stimmung veränderte sich, wurde angespannter. Entschlossen ignorierten ihn alle Anwesenden. Es war fast, als wollten sie ihn dadurch unsichtbar machen – als könnten sie sich dann einbilden, seine Worte nicht gehört zu haben. Sie hatten ihn abgeschrieben – als Freund der Apachen und als Delinquenten.

Karl schüttelte den Kopf. Da hätte er schon mehr Chancen, jemanden im Saloon zum Zuhören zu bewegen. Dort hatten sich all jene in Sicherheit gebracht, die nicht in ihren Zelten bleiben wollten. So wie sicherlich auch Belle. Die würde ihm zuhören. Sie hatte mehr Ehrgefühl als alle der hier mit Karl im Zimmer der Pacific Railroad versammelten Menschen. Bancrofts Frau rümpfte die Nase, hob ihre Teetasse und beschwerte sich, dass der Zucker aus sei. Dabei dürfte sich in ihrer Tasse weniger Tee als Hochprozentiges befinden. Karl starrte sie an. Zucker?! Als warte sie darauf, dass sich der Vorhang hob und die Schauspieler die Bühne betraten.

Karl wandte sich an seinen Chef, oder genauer: an seinen ehemaligen Chef. »Mister Bancroft, ich flehe Sie an, Sie müssen dieses Massaker verhindern!«

Niemand bewegte sich.

Karl war verzweifelt. »Was sind Sie nur für Menschen!« Dieser Satz schien zu wirken, Bancroft kam zu ihm herüber. Doch statt ihn zu befreien, stopfte er Karl kurzerhand ein Taschentuch in den Mund, ohne ihn dabei anzusehen. Karl würgte, hustete und verstand: Auch Bancroft wollte die Wahrheit nicht hören. Auch er versteckte sich lieber hinter Rattler und seinen Männern. Was hatte er gesagt? »Grobe Arbeit braucht grobes Werkzeug.« Offensichtlich war es Bancroft lieber, dass jemand die Drecksarbeit für ihn erledigte, als eine wirkliche Lösung zu finden und dazu zu stehen.

Karls Zunge klebte an dem rauen Tuch in seinem Mund. Seit Stunden hatte er nichts zu trinken bekommen, während die anderen Tee aus Meißner Porzellan geschlürft hatten. Karl holte tief Luft und erstarrte. Draußen waren Hufgetrappel und der hohe, schrille Angriffsruf der Apachen zu hören. Bancroft trat vom Fenster zurück. Sein »Sie kommen!« war nur ein ängstliches Flüstern.

Fackeln flogen in hohen Bogen in Zelte und Holzhäuser, während die Apachen die Hauptstraße Roswells entlangritten, und zwar zu dem Platz, an dem ihr Häuptling gestorben war. Rattlers Falle erkannten sie nicht. Erst als die Indianer das Gebäude der Pacific Railroad beinahe erreicht hatten, schoben Rattler und seine Männer Planwagen auf die Straße, um den Apachen den Rückweg abzuschneiden. Der letzte Wagen stand quer auf der Hauptstraße. Ugly schob mit siegessicherem Grinsen die Plane zur Seite. Das darauf positionierte Maschinengewehr zielte exakt auf die Indianer in der Sackgasse.

In schneller Folge fielen Schüsse. Schmerzensschreie und das wilde Wiehern der getroffenen Pferde mischten sich darunter.

Karl war entsetzt. Für einen Moment wünschte er sich, er könnte sich die Ohren zuhalten, wie die Frauen in Bancrofts Wohnzimmer. Plötzlich hörte er eine fröhliche Marschmelodie. Bancrofts Frau kurbelte und kurbelte. Die aufgelegte Lochplatte übertönte die Schreie von draußen nur unvollkommen. Karl spuckte Bancrofts Taschentuch aus. Aber es gab nichts mehr zu sagen. Tränen liefen ihm über die Wangen, während die Polyphon immer weiterspielte. Er fühlte sich hilflos, beschmutzt und besiegt.

Wie lange Karl mit gesenktem Kopf dasaß, konnte er nicht sagen. Nur, dass die Schüsse irgendwann aufhörten und die Schreie weniger wurden. Bancroft befreite ihn vom Ofen und bedeutete Karl, ihm zu folgen. Schlafwandlerisch lief Karl hinter Bancroft her durch die Tür, sein Körper fühlte sich ebenso stumpf an wie sein Kopf. Dass seine Hände immer noch in Handschellen lagen, merkte er kaum.

Die Morgendämmerung zog herauf, Pulvernebel lag über Roswell. Selbst die ersten Sonnenstrahlen waren von einem ungesunden, fahlen Gelb, als schreckten sie davor zurück, die von Blut getränkte Erde zu berühren. Schmerzenslaute waren zu hören, Karl konnte nicht ausmachen, welche von Menschen und welche von den Pferden stammten. Dazwischen zerrissen gezielte Schüsse die Luft. Rattlers Leute erschossen die Verwundeten. Sie machten keine Gefangenen. Für Indianer gab es keine weiße Fahne. Blinzelnd sah Karl sich um.

Den Anblick würde er nie vergessen, da war er sich sicher. Ein Schlachtfeld. Überall lagen Tote und Verwundete, sterbende Pferde mit glasigen Augen. Jahrelang hatte er sich das Massaker ausgemalt, dem sein Vater zum Opfer gefallen war. Nachts hatte es ihn verfolgt, schweißüberströmt war er aus Albträumen erwacht. Doch nichts hatte ihn hierauf vorbereitet.

Karl stolperte, fing sich mit zitternden Knien und schloss die Augen. Es nutzte nichts. Das Bild war in seinem Gedächtnis eingebrannt, und kein Whiskey dieser Welt würde es jemals auslöschen.

Rattler stand mit Blut bespritzt in der Mitte gefallener Körper. »Worauf warten Sie, Bancroft?«, grölte er diesem stolz entgegen. »Telegrafieren Sie den Bossen von unserem Sieg!« Dann deutete er mit der Mündung seines Revolvers auf Karl. »Und nehmen Sie den mit zum Bahnhof. Sein Zug wartet schon.« Siegessicher wandte er sich an seine Männer. »Und ihr«, befahl er, »erschießt die restlichen Verwundeten!« Rattler zielte auf einen stöhnenden Indianer. Einen Moment sah er dem Apachen dabei zu, wie er versuchte, sich aufzurappeln, dann streckte er ihn fast beiläufig nieder und drehte sich unbeeindruckt weg. »Verbrennt die Leichen vor der Stadt!«, rief er und rümpfte die Nase. »Sie stinken!«

Karl war unfähig, sich zu bewegen. Erst als Bancroft ihm eine Hand auf die Schulter legte, um ihn vorwärtszuschieben, reagierte sein Körper automatisch. Angeekelt schüttelte er seinen ehemaligen Chef ab. Er konnte es nicht ertragen, von ihm berührt zu werden.

Vorsichtig setzte er ein Bein vor das andere, Schritt für Schritt näherten sie sich dem Bahnhof. Im Licht der Morgensonne sah er kaum anders aus als noch vor ein paar Tagen, als Karl hier angekommen war. Aber er selbst war nun ein anderer. Sein unbedingter Glaube an das Gute des Fortschritts, an dem er sich bisher festgehalten hatte, war in tausend Splitter zersprungen. Was hatte er noch vor einiger Zeit zu Nscho-tschi gesagt? »Ich glaube an die Vernunft.« Karl schüttelte den Kopf. Die Vernunft hatte verloren, die Macht Einzelner hatte gesiegt. Und er hatte im Kampf dieser beiden auf ganzer Linie versagt. Was musste Nscho-tschi nun von ihm denken? Erst überzeugte er ihren Vater, zu verhandeln, und das kostete ihn das Leben. Dann ritt ihr Bruder in den Tod, ohne dass Karl etwas daran ändern konnte. Rattler hatte den Abzug gedrückt, doch ohne Karls falschen Glauben wäre es nie so weit gekommen.

In Karls Rücken knallten Pistolenschüsse, als er die festgestampfte Erde neben dem Zug betrat.

»Wissen Sie, was mich tröstet?« Bancrofts Stimme drang wie von weit her an sein Ohr, dabei stand der Mann direkt hinter ihm und löste seine Handschellen. Karl reagierte nicht, doch es war sowieso nur eine rhetorische

Frage gewesen. »In ein paar Jahren«, fuhr Bancroft fort, »wird uns das alles vorkommen wie ein böser Traum.«

Karl massierte seine wunden Handgelenke. Die Abschürfungen würden verheilen. Aber das war auch schon alles. Dass Bancroft davon ausging, die Erinnerung an diese Nacht würde mit der Zeit verblassen, zeigte nur, wie vollkommen verschieden sie waren.

Aber der Eisenbahnchef war noch nicht fertig. »Was bleibt, sind ein paar aufregende Geschichten, die wir unseren Dinnergästen erzählen. Seien Sie froh, Mister May, dass Sie hier wegkommen.«

Karl traute seinen Ohren nicht. Wie konnte der Mann so etwas sagen? Das glaubte er doch selbst nicht. Er stellte sich als Unbeteiligten dar. Er hatte Rattler freie Hand gelassen, auf kein einziges Argument, auf keine Bitte Karls hatte er reagiert. Und nun sprach er von einer rosigen Zukunft. Fett und gemütlich wollte er es sich wieder in seinem ach so zivilisierten, gemütlichen Großstadtleben einrichten und mit »Abenteuern« angeben, die viele Unschuldige das Leben gekostet hatten? Das war unglaublich.

In einer einzigen, geschmeidigen Bewegung drehte er sich um, schnappte sich die Handschellen und fesselte Bancroft an einen Griff des Zuges. Sollte er doch viele Meilen neben der Bahn herrennen.

Karl warf den Schlüssel in hohem Bogen weg und

beugte sich vor. »Sie und Ihre Frau sind um keinen Deut besser als Rattler und seine Bande«, zischte er aufgebracht, bevor er sich umdrehte und ging.

Bancroft rief: »Mister May, das ist doch Selbstmord!«

Karl ignorierte ihn einfach.

Er, Karl May, von den Apachen Old Shatterhand genannt, würde nicht in ein paar Jahren von seinen Abenteuern berichten und gestehen müssen, dass er nichts getan hatte, um die Morde zu verhindern! Er musste etwas tun! Irgendetwas. Vielleicht gelang es ihm, wenigstens ein paar Leben zu retten. Selbst wenn er sein eigenes dabei in Gefahr brachte, einfach abzureisen und nichts zu tun – das konnte und wollte er nicht!

Mit dem nächsten Mann, der sich ihm in den Weg stellte, machte Karl kurzen Prozess. Ein Kinnhaken und schon lag dieser wehrlos auf dem Boden. Karl schnappte sich seine Waffe und trat entschlossen auf die Hauptstraße.

Weit musste er nicht laufen. Der Erste, den Karl erkannte, war Ugly. Er torkelte, als hätte er den Sieg über die Apachen schon mit Unmengen Schnaps begossen. Schwankend lief er zwischen den gefallenen Indianern und Pferden hindurch und hielt Ausschau nach allem, was sich bewegte, um darauf zu zielen und abzudrücken. Karl folgte ihm leise.

Plötzlich hob Ugly den Kopf. Doch es waren nicht

Karls Schritte, die er gehört hatte, sondern etwas anderes: ein Stöhnen. Ugly stolperte in die Richtung der Geräusche und blieb dann mit einem Lächeln stehen. Genau vor ihm lag Winnetou, die Beine unter seinem toten Pferd eingeklemmt. Er bemühte sich vergeblich, sich zu befreien. Doch das Pferd war zu schwer, eine Flucht ausgeschlossen. Ugly entsicherte sein Gewehr, richtete es auf Winnetous Gesicht und ließ sich Zeit. Er ging langsam näher heran, seine Waffe zielte dabei weiter auf Winnetou. Winnetous Gesicht war bleich. Er hatte keine Chance, sich zu befreien. Ugly schüttelte schadenfroh den Kopf und legte an.

»Das würde ich nicht tun«, zischte Karl und drückte seine Waffe in Uglys Nacken. Doch er hatte nicht mit dessen Reaktion gerechnet. Ugly drehte sich um und sah ihn höhnisch an.

»Vergiss es, Spucknapf! Du bist nicht der Typ, der abdrückt.«

Karl erstarrte. Tatsächlich hatte er noch nie in seinem Leben einen Menschen getötet. Und auch jetzt konnte er sich das nicht wirklich vorstellen. Er hatte gehofft, dass eine Drohung ausreichen würde, aber Ugly hatte ihm eines voraus: Er war kaltblütig und gewissenlos.

Karl schluckte. Hinter Ugly verdoppelte Winnetou seine Anstrengungen, sich zu befreien. Er schien zu ahnen, dass Karls Bluff nicht sein Leben retten würde. Ugly drehte den Kopf, sodass Karls Revolvermündung direkt unter seinem gesunden Auge lag. Karls Hand begann unkontrolliert zu zittern. Ugly grinste.

Langsam ließ Karl die Waffe sinken. Ugly hatte recht, er war nicht der Typ für Schießeisen. Ugly lachte spöttisch und sah Karl ins Gesicht. Doch mit einem hatte er nicht gerechnet. Dass Karl nicht abdrücken konnte, hieß noch lange nicht, dass er dabei zusehen würde, wie Ugly Winnetou ermordete. Ohne zu zögern, schlug Karl seine rechte Faust in Uglys Gesicht. Eine gebrochene Nase könnte da auch keinen großen Schaden mehr anrichten. Ugly ging zu Boden. Der dumpfe Aufprall ließ vermuten, dass er nicht so schnell wieder aufstehen würde. Umso besser.

Karl lief zu Winnetou, der ihn mit weit aufgerissenen Augen anstarrte, ohne ihn wirklich zu erkennen. Er griff nach Karl und verkrallte sich schmerzhaft in dessen Schultern.

Karl legte vorsichtig eine Hand an die Wange seines Freundes. »Alles wird gut«, murmelte er. »Alles wird gut.«

Karls Stimme schien Winnetou zu beruhigen. Er sank ohnmächtig zurück. Karl bettete ihn vorsichtig auf die Erde und sah sich suchend um. Um Winnetou unter seinem toten Pferd herauszuziehen, brauchte er etwas, das er als Hebel verwenden konnte.

KAPITEL 19

Nscho-tschi wischte sich den Schweiß von der Stirn. Mehr als vierundzwanzig Stunden war sie nun schon auf den Beinen. Gestern Abend hatte sie ihren Bruder und seine Krieger mit einem Ritual verabschiedet, das ihnen eine sichere Rückkehr gewährleisten sollte. Und trotzdem hatte sie nicht geschlafen. Die Zeichen der Götter waren undeutlich gewesen, und sie hatte geahnt, dass nicht alle Männer am Leben bleiben würden.

Mitten in der Nacht waren die ersten Verwundeten eingetroffen. Noch nie hatte Nscho-tschi so viele Kugelverletzungen gesehen. Fleischwunden, Knochenbrüche, Durchschüsse. Doch zuerst mussten jene versorgt werden, die lebensgefährlich verletzt waren. Unter Hochdruck hatte Nscho-tschi Adern abgeklemmt, Metall aus den Körpern entfernt und Wunden vernäht. Egal, wie viele Helfer sie dabei unterstützten, sie gönnte sich keine

Pause. Nscho-tschi hatte das Gefühl, als ob das heute nur ein Vorbote von etwas noch Schlimmerem sei. Und je mehr Stunden vergingen, ohne dass Winnetou zurückkehrte, desto unruhiger wurde sie. Zwar hatten die Götter ihr keinen Hinweis darauf gegeben, dass er sein Leben lassen würde, aber auch Schamanen konnten nicht jedes Zeichen eindeutig interpretieren.

Sie verteilte Kräuter und Wurzeln an die freiwilligen Helfer, unter denen auch viele Kinder waren. Mavi war besonders fleißig. Nscho-tschi wusste, warum: Der Kleine musste sich ablenken. Er machte sich ebenso große Sorgen um seinen Vater wie sie sich um ihren Bruder. Doch seit die Sonne aufgegangen war, war kein Reiter mehr angekommen.

Umso überraschter war sie, als sie nun auf dem Hügelkamm ein Pferd entdeckte. Mit einer Hand beschattete sie die Augen und konzentrierte sich. Das Tier lief langsam, als trüge es eine ungewohnte Last. Und auch der Reiter sah seltsam unförmig aus. Als ein Sonnenstrahl sein Haar golden aufleuchten ließ, wusste sie: Das konnte nur Old Shatterhand sein. Als sie ihm entgegenlief, erkannte sie die zweite Gestalt hinter ihm: Winnetou. Seile umschlangen die Körper der beiden und sorgten dafür, dass ihr bewusstloser Bruder nicht vom Pferd rutschte. Sie rannte weiter und griff nach den Zügeln des Pferdes.

Einige Apachen folgten ihr und blieben in sicherem

Abstand stehen. Sie hatten von dem kugelspuckenden Untier gehört, das so viele ihrer Brüder getötet hatte, ohne auch nur einmal stillzustehen. Eine Todesmaschine – eine Erfindung der Weißen, wie auch Old Shatterhand einer war.

Karl knüpfte die Seile ab und ließ Winnetou vorsichtig vom Rücken des Pferdes in die Arme seiner Schwester und ihrer Helfer gleiten.

»In mein Zelt, schnell!«, rief Nscho-tschi. Sie sah Karl an. Einige Indianer hatten ihre Speere gezückt.

Karl konnte sie verstehen. Er war ein Bleichgesicht, und nach allem, was vorgefallen war, war er hier nicht willkommen. Er wünschte, er könnte sich irgendwie erklären, doch kein Wort konnte das Geschehene ungeschehen machen.

»Du besser gehen«, sagte Nscho-tschi und er nickte.

Er sah ihr in die Augen. Wenn sie darin nur lesen könnte, wie leid ihm alles tat … Dann drehte er sich wortlos um und ritt davon. Wohin er wollte, wusste er nicht. Er hoffte, dass Nscho-tschi Winnetou helfen konnte.

Doch so einfach war das nicht. Winnetous Körper hatte zwar einige Blessuren davongetragen, doch es war vor allem sein Geist, der keine Ruhe fand. Er hatte seine Krieger in eine Falle geführt. Weil er nicht hatte warten wollen. Nscho-tschi hatte ihn gewarnt, dass Trauer und

Rache keine guten Ratgeber waren, aber er hatte nicht auf sie gehört. Dass sie nun neben ihm kniete und seine Wunden versorgte, ohne ein einziges Wort darüber zu verlieren, machte es nicht besser. Im Gegenteil.

Winnetou konnte Mavi, der neben ihm saß, kaum in die Augen schauen.

»Mein Vater wird nicht zurückkehren, oder?«, fragte er und Winnetou schloss einen Moment die Augen.

Mavis Stimme zitterte. »Starb er ehrenvoll?«

Winnetou holte tief Luft. Ehrenvoll – nichts war ehrenvoll an dieser ungleichen Schlacht gewesen, in die er die Männer geführt hatte, die ihm vertraut hatten. »Die Tapfersten unserer Ahnen werden ihn in den ewigen Jagdgründen als einen der ihren willkommen heißen«, versuchte er den Jungen zu trösten.

Mavi nickte. Ein einziges Mal. Dann stand er auf. »Wann reiten wir los, um ihn zu rächen?«

Winnetou schluckte. »Bald.« Selbst er hörte, dass seiner Stimme jede Überzeugungskraft fehlte.

Der Junge schien das nicht zu bemerken. »Häuptling, ich werde an deiner Seite reiten.« Natürlich ging er davon aus, dass sie so schnell wie möglich einen neuen Angriff starten würden. Winnetou selbst hatte es nach dem Tod seines Vaters schließlich vorgemacht.

Winnetou sah sich in Nscho-tschis Zelt um und seufzte. Was gäbe er jetzt darum, Intschu-tschuna um Rat fragen zu können. Gegen die kugelspuckende Waffe der Weißen hatten sie keine Chance. Er selbst verdankte sein Leben Old Shatterhand. Ohne dessen eiserne Faust hätte das hässliche Bleichgesicht ihn erschossen – und dabei auch noch gegrinst.

Old Shatterhand war anders als die restlichen Bleichgesichter. Er wäre ein guter Anführer. Manchmal irrte er sich in Menschen, doch er war klug und gerecht. Und bedachtsamer als Winnetou. Er war sich sicher, dass es in Roswell nie so weit gekommen wäre, wenn Old Shatterhand dort das Sagen gehabt hätte. Aber es war nicht mehr zu ändern. Winnetou musste eine Entscheidung treffen. Und diesmal musste es eine sein, die die Sicherheit seines Stammes garantierte.

Er stemmte sich auf die Beine. Nscho-tschi legte eine Hand auf seinen Arm. Einen Moment ließ sie die Augen über seine Rippen und Beine wandern, auf denen sich bereits die Quetschungen und Blutergüsse abzeichneten. Dann sah sie ihn ruhig an und ließ ihn los. Winnetou vertraute darauf, dass sie wusste, er hatte mehr nötig als Kräuter und Schlaf. Sein Kopf musste Ruhe finden. Das war vermutlich auch der Grund, warum sie ihn gehen ließ, ohne zu widersprechen. Langsam ritt er davon. Nicht in Richtung der Siedlung, sondern in die Berge.

Kurz darauf erreichte Winnetou die Grabstätte seines Vaters. Er atmete tief ein und genoss die Stille. Der Wind wehte sanft um das Holz und die Häuptlingsfedern am Stamm des Plateaus. Weit oben kreiste ein Adler mit nur wenigen, ruhigen Flügelschwingen.

»Du warst nicht einmal achtzehn Winter alt, als man dich zum Häuptling wählte«, sagte Winnetou leise. »Woher wusstest du, was das Beste für unseren Stamm war?« Er legte die Handflächen an das sonnenwarme Holz und schloss die Augen. »Schenk mir deinen Rat und deine Weisheit, Vater! Sende mir ein Zeichen.«

Ein Luftzug strich durch den Federschmuck, der Adler stieß einen einzigen, leisen Schrei aus. Winnetou überkreuzte die Beine. Er würde warten und Geduld beweisen.

KAPITEL 20

Karl wusste nicht, dass Winnetou nur wenige Meilen von ihm entfernt war. Er hatte sich verirrt, und es wurde dunkel. Aber das störte ihn nicht. Denn er hatte kein Ziel. Nach einigen Versuchen war es ihm gelungen, ein Lagerfeuer zu entfachen und Kaffee aufzusetzen. Zumindest würde er nicht frieren. Aber egal, wie heiß ihm die Flammen entgegenschlugen und das starke Gebräu ihm die Zunge verbrannte, die Kälte wollte einfach nicht aus seinen Knochen weichen.

Er seufzte, holte die Sammelkarten hervor und sah sie sich an: das fliegende Krankenhaus, das Hotel auf Rädern. Wie stolz er sie Nscho-tschi gezeigt hatte und wie begeistert er vom Fortschritt geschwärmt hatte. Was für eine Arroganz! Wozu war Fortschritt gut, wenn er so viele Menschen tötete? Wozu Moral und Gerechtigkeitssinn, wenn sich andere einfach darüber hinwegsetzten?

Karl ließ den Kopf hängen. Alles, woran er geglaubt hatte, schien sich in Luft aufgelöst zu haben. Wer war er? Karl May, Ingenieur aus Sachsen, Hobbyboxer und Tölpel. Mit einer einzigen Handbewegung schleuderte er die Karten ins Feuer. Sie brannten schnell, Funken stiegen auf und verglühten, als hätte es sie nie gegeben. Er sah in den dunklen Himmel und auf die vielen Sterne, die auf ihn herableuchteten, genauso wie gestern, wie nächste Woche, wie jeden Tag. Unbehelligt davon, was sich hier unten tat oder nicht.

»Gibt's Kaffee?« Die raue Stimme, die ihn aus seinen Gedanken riss, erkannte Karl sofort: Sam. Langsam ließ sich der Trapper neben Karl nieder und rückte die Biberfellmütze zurecht. »Hast du dich verirrt?«

Karl blickte in seine Augen, die so viel gesehen haben mussten und die ihn jetzt freundlich musterten. »Kann man sich verirren, wenn man nicht weiß, wo man hinwill?«, fragte er.

»Wer nicht weiß, wo er hinwill, der weiß nicht, wer er ist, wenn ich mich nicht irre«, antwortete Sam und Karl lächelte.

»Wenn ich mich nicht irre« schien einer von Sams Lieblingssätzen zu sein. Dabei irrte er sich offenbar nur selten.

»Ich bin hierhergekommen, um eine bessere Zukunft mitzugestalten«, sagte Karl und seufzte. »Ich wollte Teil von etwas Großem sein.« Er schüttelte den Kopf und sah auf die Aschereste der Sammelbilder im Feuer. »Ich war ein Träumer!«

»Vielleicht war es einfach der falsche Traum«, sagte Sam vorsichtig.

Karl entspannte sich. Es tat gut, mit Sam zu reden. Seine Sicht auf das Leben war vielleicht etwas seltsam, doch sie ging tiefer, als man auf den ersten Blick vermuten würde. Karl reichte Sam den Kaffeebecher und sah ihn nachdenklich an. »Hast du denn dein Glück hier gefunden?«

Sam nahm einen großen Schluck und schien einen Moment zu zögern. Dann gab er sich einen Ruck. »Man nannte mich früher Mad Dog McCarthy«, sagte er leise. »Ich war der fieseste und habgierigste Wilderer von hier bis Kentucky. Wegen mir und meiner Jungs gibt's in dieser Gegend keine Büffel mehr.«

Karl sah überrascht auf. Statt von diesem Geständnis abgestoßen zu sein, fühlte er sich geehrt, weil Sam ihm vertraute. Er nahm den Becher an, den Sam ihm entgegenhielt und nippte daran. Er hatte das Gefühl, die Geschichte wäre noch nicht zu Ende.

»Die Apachen waren stinksauer«, berichtete Sam weiter, »aber ich hab überlebt. Als Einziger. Sie ließen mich blutüberströmt im Wald liegen …«

Karl nickte ihm zu – nun wurde es spannend.

»In den ersten Wochen hab ich nur Würmer und

Baumrinde gefressen. Im Winter froren mir drei Zehen ab.« Sam lächelte. »Aber irgendwie hab ich mich nirgendwo so zu Hause gefühlt. Diese Wildnis hat mich lieb. Und ich die Wildnis.« Nun lachte er und sah Karl an. »Ich weiß, mein Freund, nichts ist schwieriger, als den richtigen Platz im Leben zu finden.«

Und damit fasste Sam all das zusammen, was Karl gerade beschäftigte: Wo gehörte er hin? Zu wem gehörte er? Und was wollte er vom Leben?

KAPITEL 21

Als Karl am nächsten Morgen aufwachte, schien die Sonne und die Vögel zwitscherten. Der Sattel unter seinem Kopf war ein hartes Kissen gewesen, doch Karl hatte besser geschlafen als in all den Nächten vorher. Er setzte sich auf und gähnte. Ein köstlicher Duft stieg ihm in die Nase. Sam war nirgendwo zu sehen. Doch lange schien er noch nicht weg zu sein. Denn auf einem flachen Stein mitten im Feuer brutzelten drei köstlich aussehende Spiegeleier. Wo Sam hier mitten im Wald drei Eier aufgetan hatte, würde wohl sein Geheimnis bleiben. Karl griff zu, als plötzlich eine gewaltige Explosion die friedliche Stille zerriss.

Die Berge warfen das ohrenbetäubende Donnern um ein Vielfaches verzerrt zurück. Noch bevor das letzte Grummeln verklungen war, hatte Karl das Feuer gelöscht, aufgesattelt und war losgeritten. Weit musste er nicht galoppieren. Schon von der nächsten Anhöhe hatte er einen guten Blick auf das rauchende, schwarze Loch im nächsten Berg: Rattler und seine Männer hatten den Tunnel fertig gesprengt. Nun hielt sie nichts mehr davon ab, das Land der Apachen zu verwüsten. Und sie schienen es äußerst eilig damit zu haben. Durch sein Fernglas sah Karl, wie weitere Dynamitstangen herbeigeholt und Schienen abgeladen wurden.

Was musste Winnetou dabei fühlen? Erst hatten die Weißen seinen Stamm mit unfairen Mitteln geschlagen und nun stahlen sie ihr Land! Karl dachte nach. Es musste doch irgendeine Möglichkeit geben, das zu verhindern! Sein Pferd wieherte leise. Karl ließ das Fernglas sinken und drehte sich um. Winnetou lenkte sein Pferd neben Karls und sah hinunter auf das gähnende Loch im Berg. Die nächste Explosion erschütterte die Landschaft.

Winnetou seufzte. »Bleichgesichter – furchtbare Zauberei!«

Einen Moment fühlte sich Karl fast erleichtert. Winnetous Satz schloss ihn nicht mit ein. Als gehörte er nicht zu den Weißen, die sich mit Gewalt nahmen, was sie wollten.

»Das ist kein Zauber«, erklärte er. »Bloß Chemie.«

Immerhin war nicht das Dynamit das Problem. Es war höchstens ein Hilfsmittel. Ob es zu etwas Gutem oder etwas Bösem verwendet wurde, hing davon ab, in welche Hände es fiel.

Winnetou hatte sich umgedreht und schenkte den Eisenbahnarbeiten keine Beachtung mehr. Er sah Karl an. »Old Shatterhand kennt Zauber.« Eine Feststellung, keine Frage.

Karl nickte. »Drei Viertel Nitroglyzerin, ein Viertel Kieselgur und ein wenig Natriumcarbonat …« Dafür reichten seine zwei Semester Chemie aus. Die explosive Mischung konnte ganze Landschaften zerstören. Erneut hielt er das Fernglas vor die Augen. Was hatten Rattlers Männer nun vor? Den nächsten Berg auszuhöhlen?

»Old Shatterhand Sohn seines Vaters?«, fragte Winnetou und Karl sah überrascht auf. Winnetou klang, als wollte er auf etwas Bestimmtes hinaus. »Du Winnetou die Geschichte erzählen: Dein Vater sich wehren gegen Ungerechtigkeit. Er war Apache.« Als Karl nickte, beugte sich Winnetou vor. »Old Shatterhand Sohn von Apache?«

Karl zögerte einen Moment. Was genau deutete Winnetou da an? Was wollte er von ihm? Was konnte er denn überhaupt tun, er, ein einzelner Weißer? Er brachte doch nichts weiter mit als ein bisschen Wissen über Statik, Mechanik und Chemie.

Dann wurde er plötzlich ganz ruhig. Vielleicht war es ja genau das. Sein Vater war Bergarbeiter gewesen. Er hatte nicht studiert und war nicht besonders politisch. Und trotzdem hatte er nicht aufgegeben, war nicht in Selbstmitleid versunken. Er hatte sich gewehrt mit allem, was er hatte. Wie Karl jetzt hatte er vor einer wichtigen Entscheidung gestanden. Er hatte gewusst, dass diese Entscheidung, egal, wie sie ausfiele, sein ganzes Leben verändern würde. Und er hatte nicht gezögert. Er hatte das getan, was er für richtig hielt. Und er war seinen Weg gegangen.

Winnetou hatte recht. Karls Vater war immer sein Vorbild gewesen. Das hatte sein ganzes Leben geprägt, seine Moralvorstellungen, seinen Gerechtigkeitssinn. Nun hatte er die Möglichkeit, zu beweisen, dass er tatsächlich sein Sohn war. Nachdenklich warf er einen letzten Blick auf den Berg und auf die Brücke dahinter. Dann nickte er Winnetou zu. Der Plan mochte noch nicht ganz ausgereift sein, aber zumindest hatte er einen! Der Rest würde sich finden.

Als Karl am Abend im Versammlungszelt der Apachen saß, war die Situation ganz anders als beim letzten Mal. Diesmal war er als Freund und Berater hier. Die Apachen hörten Nscho-tschi zu, die seine Worte übersetzte, und sahen ihn gespannt an. Im Schneidersitz saß er in ihrer Mitte und fühlte sich, als gehöre er hierher. Vor sich hatte er ein Modell der Brückenkonstruktion aus Ästen und Rosshaar aufgebaut.

»Rattler und seine Leute haben Monate gebraucht, um diese Brücke fertigzustellen«, sagte er und gab Winnetous Schwester Zeit, zu übersetzen.

»Wenn wir die Brücke zerstören, hat die Eisenbahn keine Zeit mehr, eine neue zu bauen.« Er deutete auf die mittleren Pfähle des Modells. »Die Mitte ist am schwächsten, obwohl sie am meisten Gewicht hält.«

An gezielte Stellen legte er einige rote Beeren, die er vorhin gesammelt hatte, und musste lächeln. Wer hätte gedacht, dass die ungenügende Statik noch einmal von Vorteil sein würde?

»Alles, was wir brauchen, sind ein Dutzend Stangen Dynamit … hier, hier und hier.«

Die Apachen nickten ihm zu.

»Wir klettern in der Nacht die Brücke hinunter«, erklärte Karl ihnen seinen Plan. »Niemand wird uns bemerken. Es gibt keinen Kampf und keine Toten.«

Erneutes Nicken, nachdem Nscho-tschi gedolmetscht hatte.

»Rattler und Bancroft werden von den Explosionen aus den Betten fallen. Und ihnen bleibt nichts anderes übrig, als die neue Strecke um das heilige Land der Apachen herum zu bauen.«

Trillernde Geräusche waren zu hören, sie bedeuteten Zustimmung. Karl freute sich. Zur Veranschaulichung entfernte er jene drei Stützhölzer an seinem Modell, an denen er angreifen wollte. Wie ein Kartenhaus stürzte die gesamte Konstruktion in sich zusammen.

Die Indianer jubelten. Karl strahlte. Winnetou trat auf

ihn zu und umfasste Karls Ellenbogen. Ihre Unterarme berührten sich zu einem Handschlag unter Freunden. Unter Brüdern. Karl hätte nicht gedacht, dass er sich noch besser fühlen konnte als in diesem Moment. Aber dann sah er in Nscho-tschis Augen. Ihr Lächeln machte ihn stolz. Er tat das Richtige. Endlich. Wenn alles nach Plan lief, würden sie noch vor Sonnenaufgang als Sieger zurückkehren!

KAPITEL 22

Nur einige Stunden später kauerte Karl neben Winnetou in der Dunkelheit. Hinter ihnen verschmolzen rund fünfzehn Apachenkrieger mit den Schatten der Berge. Der Eingang zum Tunnel, durch den sie gekommen waren, war nur noch zu erahnen. Ihre Fackeln hatten die Männer gelöscht, bevor sie auf die verwaiste Brücke getreten waren. Die Abendschicht der Eisenbahnarbeiter war mit den letzten Sonnenstrahlen abgezogen. Doch Karl wusste, nicht nur der asiatische Dynamitexperte blieb über Nacht in seiner kleinen Hütte, die kurz vor dem zweiten Tunnel stand. Seit dem Angriff der Apachen hatte Rattler sicher auch seine Wachleute verdoppelt.

Anfangs waren noch laute Stimmen zu hören gewesen und schwere Fußtritte. Inzwischen war es still geworden. Karl warf einen Blick auf den Mond. Fast rund stand er hoch am Himmel und tauchte die Umgebung in unwirkliches Licht. Die meisten der Tagesarbeiter würden nun ihr spärliches Gehalt im Saloon vertrinken. Und die, die heute Nacht hier Wache schoben, hatten sicherlich ihren eigenen flüssigen Begleiter dabei und ihm bereits gut zugesprochen.

Karl nickte Winnetou zu. Es war Zeit. Leise schlich er voran und zeigte den Indianern, wohin sie ihre Füße setzen mussten, um kein Geräusch zu machen. Doch sie waren auch ohne Kenntnis der Bohlen und Kieselabschnitte unhörbar. Wie eine Gruppe Geister bewegten sie sich weiter, löschten die Fackeln, bevor die roh gezimmerten Hütten in Sicht kamen, und verteilten sich.

Die wenigen Männer, die Patrouille gingen, waren schnell ausgeschaltet. Ihre Kollegen, die sich weiter hinten am Lagerfeuer die Zeit mit Gesang und Schnaps vertrieben, würden sie erst in einigen Minuten vermissen.

Karl schlich näher heran und lauschte. War das etwa das Lied über Peggy Lee und ihre Beine? Er dachte an die Arbeiter, die am ersten Tag mit ihm auf dem Zubringerzug gesessen hatten. Schwer arbeitende, ehrliche Männer. Karl war froh, dass sein Plan den Umständen entsprechend friedlich verlaufen würde. Ein paar der Männer hätten morgen wahrscheinlich Kopfschmerzen. Doch was war ein leichtes Schädelbrummen gegen wesentlich gewalttätigere Lösungen?

Karl und Winnetou spähten durch den Drahtzaun, der die Hütten umschloss. Nur drei Sicherheitsleute saßen um das Lagerfeuer, summten und teilten sich eine Flasche Schnaps. Sie erwarteten keinen Angriff. Ihre Gewehre hatten sie nachlässig über die Schultern gehängt. Wenn Karl und die Apachen schnell wären, hätte keiner von ihnen Zeit, auch nur danach zu greifen.

»Du warten«, flüsterte Winnetou in Karls Ohr und sah aus, als hätte er eine Idee.

Karl nickte. Er vertraute Winnetou.

Leichtfüßig ging dieser hinter zwei Fässern in Deckung, nahm einen Kieselstein und warf ihn auf die andere Seite ins Gebüsch. Sofort stoppte das Summen, die drei Männer standen auf und drehten sich lauschend in die entgegengesetzte Richtung.

Winnetou grinste und winkte Karl, ihm zu folgen. Geräuschlos schlichen sie an den abgelenkten Wachposten vorbei und drückten sich unter den Drahtmaschen des Zauns hindurch. Sie wollten schon weiter, als sie ein Ratschen innehalten ließ.

Kurz darauf hörten sie eine aufgebrachte Stimme. »Hast du keine Manieren? Piss gefälligst da, wo ich dich nicht sehe! Nicht hier!«

Karl verdrehte die Augen. Ausgerechnet jetzt! Doch Winnetou blieb die Ruhe selbst. Er drückte sich in den Schatten der Wand und wartete. Nur wenig später stolperte ein unrasierter Mann mit offener Hose um die Ecke und wurde von Winnetou mit einem gezielten Schlag schlafen geschickt. Offenbar war Karls Boxunterricht erfolgreich gewesen – Winnetou hatte seinen rechten Haken perfektioniert.

Doch auch Karl hatte von seinem Freund gelernt. Geschickt kletterte er auf das Dach der Hütte und warf sich auf den nächsten Mann, den der dumpfe Aufschlag seines Kollegen herbeigerufen hatte. Nur wenige Sekunden später waren auch die letzten Wachhabenden ausgeschaltet. Karl und Winnetou nickten sich zu. Das war besser gelaufen als gedacht. Sie waren ein gutes Team.

Nun mussten sie in die Hütte des Dynamitexperten gelangen, um sich dort mit der nötigen Menge an Dynamit zu versorgen. Karl holte tief Luft und klopfte an der Tür des Asiaten. Von innen kam ihnen ein Wortschwall entgegen, den keiner von ihnen verstand. Karl wurde unruhig. Warum öffnete der Alte nicht einfach die Tür? Oder hatte Rattler geahnt, dass er die Schwachstelle war und mit ihm eine Art Klopfzeichen vereinbart? Etwas hilflos sah er zu Winnetou, der kurzen Prozess machte. »Feuer! Feuer!«, rief er laut, und als die Tür daraufhin aufflog, packte er den Dynamitexperten und drängte ihn zurück in seinen Bretterverschlag. Karl schloss die Tür hinter ihnen.

Viel Druck mussten sie nicht ausüben, schon bei dem

Anblick von Winnetous Messer fing der Asiat an zu zittern. Karl legte eine Hand auf Winnetous Arm. »Machen Sie ihm nicht zu viel Angst«, flüsterte er ihm zu. »Sonst fliegt hier alles in die Luft.«

Wie von Karl gefordert, machte sich der Asiate sofort an die Herstellung des Dynamits. Fertige Stangen hatte er nicht. Weshalb auch, das wäre ein Spiel mit dem Tod. Karl beobachtete jeden seiner Handgriffe und überprüfte, was er tat. Seines Wissens nach machte der Mann alles richtig.

Nach einiger Zeit trat der Asiat zurück und warf Karl einen ängstlichen Blick zu. »Nun rühren«, sagte er mit zitternder Stimme. »Acht Stunden.«

Karl erschrak und hörte Winnetou neben ihm entsetzt die Luft einziehen. Acht Stunden? In acht Stunden war es hell. Die ersten Arbeiter wären dann auf dem Weg hierher. So war das nicht geplant gewesen! Karl fluchte. Warum hatte er nicht auch noch ein drittes und viertes Semester Chemie absolviert? Dann wäre ihnen jetzt diese Überraschung erspart geblieben. Stattdessen hatte sich nun sein schöner Plan erledigt. Acht Stunden! So viel dazu, die Brücke mitten in der Nacht zu sprengen, damit niemand gefährdet wurde. Winnetou zuckte mit den Schultern. Zurück konnten sie jetzt nicht mehr. Also mussten sie das Beste hoffen. Hoffen und ununterbrochen rühren!

Sie wechselten sich ab. Erst hielt Karl die explosive Mischung in Bewegung, irgendwann, als sein Arm schon erste Erlahmungserscheinungen zeigte, übernahm Winnetou und Karl sah ihm zu. Das stetige Rühren wirkte fast hypnotisierend, doch schlafen kam nicht infrage. Karl folgte Winnetous Bewegungen und dachte an die Momente, bevor sie losgeritten waren.

Nscho-tschi hatte sich vor jeden Einzelnen von ihnen hingestellt und ihn angesehen. Sie hatte den Rauch einer Kräuterfackel um die Männer gefächelt. Ein Ritual, das helfen sollte, sicher wieder zurückzukehren oder aber den Weg in die ewigen Jagdgründe zu erleichtern. Karl war der Letzte gewesen und sie hatte gezögert.

»Du nicht an Götter glauben?« Sie hatte gelächelt und Karl hatte das Fragezeichen am Ende ihres Satzes mehr erahnt als gehört.

Er war einen Schritt vorgetreten und hatte auf die Fackel in ihrer Hand gedeutet. »Was weiß ich schon.«

Und in diesem Augenblick war nichts wichtiger gewesen, als dass sie ihn in das Apachenritual miteinbezog. Er hatte nicht ohne ihre guten Wünsche gehen wollen. Er hatte gehofft, dass sie ihn sicher durch die Nacht geleiten würden.

Bevor sie losgeritten waren, hatte Winnetou Mavi zum Beschützer des Stammes erklärt. Karl bewunderte ihn dafür. Mit diesem kleinen Trick war es Winnetou gelungen, den Jungen davor zu bewahren, sich mit ihnen gemeinsam in Gefahr zu begeben. Doch er hatte es so aussehen lassen, als würde Mavi dem Häuptling damit einen großen Gefallen tun. Ja, er hatte Mavi sogar seinen eigenen Bogen übergeben.

Karl lächelte Winnetou an. Sein Freund mochte es selbst vielleicht nicht erkennen, aber er hatte sich in den letzten Tagen verändert. Er war ein guter Nachfolger seines Vaters, sein Stamm konnte stolz auf ihn sein.

Winnetou erwiderte Karls Blick und schüttelte seine Hand aus. Dann warf er einen Blick hinaus. Die Lichtverhältnisse hatten sich verändert, es wurde langsam Tag und ihnen rannte die Zeit davon. Zum Glück gab der Asiat nun das Zeichen: Sie konnten damit beginnen, das Dynamit in Stangen zu rollen. Endlich!

Winnetou und Karl fingen an – so schnell wie möglich, aber so vorsichtig wie nötig. Der Dynamitfachmann hatte sich geweigert, zu helfen, und beobachtete sie aus einer Ecke seiner Hütte. Wahrscheinlich machte er sich Sorgen darüber, was mit ihm geschehen würde, wenn sie fertig waren. Doch Karl hatte auch daran gedacht: Den Asiaten zu fesseln und zu knebeln kostete nicht viel Zeit. Dann traten er und Winnetou mit ihrer gefährlichen Fracht hinaus ins Freie. Während Winnetou mit einem Käuzchenschrei seine Krieger mobilisierte, war das entfernte Tuten des Zuges zu hören, der die Morgenschicht hierherbrachte. Sie mussten sich beeilen.

KAPITEL 23

Das Zischen der Lok kam immer näher, als Winnetou und seine Krieger über das Geländer der Brücke kletterten. Karl blieb zurück und reichte Winnetou die Kiste mit Dynamit an. Kaum hatte Winnetou sie sicher in den Händen, schwang er sich über die Brüstung. Der Zug fuhr ein, doch zum Glück saßen im ersten Waggon keine Arbeiter. Er war mit den Schienen gefüllt, die heute verlegt werden sollten.

Karl, Winnetou und seine Männer zogen die Köpfe ein und kletterten ins Innere der Brückenkonstruktion, als sie über sich bereits die Schritte der Arbeiter hörten. Und da war noch ein Geräusch: das Absatzklackern von Damenschuhen und langsame, schwere Schritte. Karl erstarrte und streckte sich nach oben. Er erkannte Bancrofts Stimme, offenbar fing er gerade an, einem Reporter ein Interview zu geben.

»Stellen Sie sich hierhin, das wird ein gutes Foto: Der Titan des Maschinenzeitalters vor seinem Werk!«, rief jemand und Karl spähte durch die Ritzen der Bretter. Tatsächlich, genau in der Mitte der Brücke standen Bancroft, seine Frau und ein junger Mann mit einer Kamera und einem Stativ. Bancrofts Frau stellte sich in Positur und löcherte den Reporter mit Fragen. Sie war erst zufrieden, als dieser ihr bestätigte, sein Artikel würde nicht nur in New York, sondern auch in London, Paris und Tokio erscheinen. Mrs Bancroft zupfte sich geschmeichelt die Frisur zurecht.

Karl gab Winnetou ein Zeichen, noch abzuwarten. Sie konnten die Brücke nicht in die Luft jagen, während Bancroft, seine Frau und ein Zeitungsmann sich darauf befanden. Auf der anderen Seite hatten sie keine Minute zu verlieren. Fragend hielt Winnetou das Dynamit in die Höhe. Karl seufzte und nickte dann. Winnetou hatte recht. Sie sollten wenigstens alles vorbereiten. Wie sie die Menschen von der Brücke runterbekamen, bevor sie in die Luft flog, mussten sie wohl später spontan entscheiden.

Karl knirschte mit den Zähnen, als er Rattlers und Uglys Stimmen hörte. Wie immer beschimpften sie ihre Leute und drohten ihnen mit der Peitsche. Vorsichtig kletterte Karl ein paar Meter tiefer und sah sich um. Solange keiner der Arbeiter auf die andere Seite der Konstruktion lief, könnten sie unbeobachtet tun, was nötig war.

Dann fiel sein Blick auf den blaugrün schimmernden Fluss weit unter ihm und er griff automatisch nach einem der Holzstämme. Normalerweise hatte er kein Problem mit Höhe. Er war bereits auf Gerüste geklettert, die fünfzehn bis zwanzig Meter hoch waren. Doch das hier war etwas anderes. Karl überschlug den Abstand. Waren es fünfzig Meter? Hundert? Wer von hier aus ins Wasser sprang oder fiel, konnte nur hoffen, dass der Fluss an der Stelle tief genug war. Und das würde auch nur dann gut gehen, wenn man mit den Füßen zuerst unten ankäme, um die Wasseroberfläche zu spalten. Ansonsten wäre ihre Wirkung etwa so hart wie Beton.

Karl riss sich von dem Anblick los. Sie hatten keine Zeit für Panik! Gemeinsam brachten Winnetou und er die ersten Dynamitstangen an und gaben andere weiter. Sie umwickelten sie mit Lunten, zurrten sie fest und versuchten, möglichst viele der Zündschnüre miteinander zu verbinden.

Während über ihnen die Arbeiter ihrem Tagesgeschäft nachgingen, hantierten Karl, Winnetou und seine Krieger geschickt mit dem Dynamit. Immer wieder warf Karl einen unsicheren Blick nach oben. Wie lange könnten sie so weiterarbeiten, bis sie jemand entdeckte? Oder wie lange würde es dauern, bis jemand in die Hütte des Asiaten ging, ihn dort gefesselt fand und erkannte, dass hier etwas nicht stimmte? Karl versuchte, die Gedanken daran abzuschütteln. Rechtzeitig fertig zu werden war das A und O ihres Plans. Ansonsten wäre alles umsonst gewesen.

Nur noch zwei wichtige statische Punkte mussten mit Dynamitstangen bestückt werden, als sie über sich ein Rumpeln hörten, das wie eine kleine Explosion klang. Karl schloss die Augen. Hatten Winnetou und er alles weggeräumt, als sie die Hütte des Asiaten verlassen hatten? Wahrscheinlich nicht. Der Alte musste nur irgendwie an die letzten Tropfen Nitroglyzerin gekommen sein, um auf sich aufmerksam zu machen. Schon ein gezielter Fußtritt würde dazu reichen. Karl umwickelte mit Winnetous Hilfe hektisch eine Dynamitstange und lauschte. Von oben wurde Geschrei laut, asiatische Wortfetzen, dann Rattlers Stimme, der sich über das Brückengeländer gebeugt hatte und sah, was bevorstand.

»Die Rothäute wollen die Brücke sprengen!«, brüllte er. Gewehre wurden entsichert, Kugeln flogen ihnen um die Ohren. Karl und Winnetou tauchten tiefer unter die Brücke und machten weiter. Eine der Kugeln schlug dicht neben Karl ein. Er zuckte zusammen.

»Hört auf zu schießen!«, befahl jemand und für einen Moment war Karl erleichtert.

Doch Rattler brüllte weiter: »Ihr Idioten trefft noch das Dynamit und jagt die Brücke hoch! Wir müssen sie aus der Nähe erledigen! Na los, worauf wartet ihr Bettnässer?

Runter!« Mit diesen Worten scheuchte Rattler seine Männer über das Geländer. Ihre Gewehre hatten sie über die Schultern geschlungen, um beide Hände frei zu haben. Schon nach kurzer Zeit waren sie Karl und Winnetou gefährlich nah.

Rattlers Aktion hatte auch etwas Gutes: Alle Arbeiter entfernten sich von der Brücke. Auch Bancroft, der die Anweisungen seiner Frau, selbst einzugreifen, geflissentlich überhörte. Er folgte dem Reporter in Richtung des sicheren Tunnels. Mrs Bancroft warf ihrem Mann einen abschätzigen Blick zu, stärkte sich mit einem Schluck aus ihrem Flachmann und brachte sich ebenfalls aus der Gefahrenzone.

Rattler und seine Männer hatten Karl und Winnetou nun fast erreicht. Und sie sahen aus, als würden sie mit allen, die ihnen direkt vor die Gewehre kamen, kurzen Prozess machen. Sobald sie auf einen von ihnen zielen könnten, würden sie, ohne zu zögern, abdrücken.

Winnetous Krieger bemühten sich nach Kräften, ihre Gegner aufzuhalten. Ein Pfeil nach dem anderen sirrte in ihre Richtung. Endlich einmal hatten ihre Waffen einen Vorteil. Das Dynamit ließ sich kaum vorschnell durch einen Pfeil entzünden.

Karl brachte das letzte Dynamit an, während Winnetou ihm den Rücken freihielt, verband die Zündschnüre und ließ sie fallen.

»Legt die Lunten nach unten und zündet sie an!«, rief Winnetou seinen Männern weiter unten in der Brücke zu. Sie zögerten. »Was ist mit dir, Häuptling?«, fragte einer.

Karl und Winnetou sahen sich an.

»Wir halten sie auf«, bestimmte Winnetou und drehte sich zeitgleich mit Karl um. Beide begannen nach oben zu klettern, Rattler und seinen Männer entgegen. Sie mussten verhindern, dass diese Zündschnüre kappten oder das Dynamit entfernten. Ansonsten hätten die Indianer verloren.

Schüsse fielen. Karl sah zwei von Winnetous Männern in die Tiefe stürzen. Der Fluss verschluckte ihre Körper.

Dann landeten zwei schwere Stiefel genau über ihm. Karl blickte auf und sah in Uglys kalte Augen.

»Schluss mit dem Kinderkram«, knurrte Ugly. »Jetzt frisst du Blei!«

Karl wartete nicht darauf, dass Ugly anlegte, er zog sich an dem nächsten Holzstamm hinauf und schlug Ugly den Revolver aus der Hand. Sofort stürzte sich Ugly auf Karl.

Ineinander verkeilt, kämpften sie. Wer gewann, würde leben, wer verlor, würde tief fallen.

Nicht weit entfernt, kämpfte Winnetou mit einem von Rattlers Leuten. Immer wieder schlug er die Hand seines Gegners, die einen Revolver umklammerte, gegen das Holzgerüst der Brücke. Einmal, zweimal … beim fünften Mal lockerte dieser endlich den Griff. Nur wenig später hatte Winnetou ihn ausgeschaltet. Ein Blick zu Karl ließ ihn innehalten.

Ugly spielte falsch. Anstatt Mann gegen Mann zu kämpfen, zog er eine Waffe aus seinem Stiefel. Karl erstarrte. Winnetou ahnte, was in Karl vor sich ging: Er dachte daran, sich auf Ugly zu stürzen und ihn mit in die Tiefe zu reißen. Er war eben ein Apache wie sein Vater. Winnetou ballte die Fäuste. Er hatte keine Chance, rechtzeitig einzugreifen.

Karl spannte die Muskeln an. Winnetou holte Luft, um ihm etwas zuzurufen. Irgendetwas. Im selben Moment peitschte ein Gewehrschuss durch die Luft. Ugly zuckte zusammen.

Karl riss die Augen auf. Anstatt abzudrücken, verlor Ugly plötzlich das Gleichgewicht und ruderte mit den Armen. Überrascht flitzten seine Augen hin und her, dann verlor er endgültig den Halt und stürzte in die Tiefe.

Karl drehte sich um. Der Schuss, der ihm das Leben gerettet hatte, war von hinten gekommen. Doch dort war nur der Berg. Karl kniff die Augen zusammen. Felsen, Steine, hier und da ein paar Büschel vertrocknetes Gras und … eine Biberfellmütze!

Sam lud sein Gewehr nach und winkte Karl zu. »Der hat gesessen, wenn ich mich nicht irre?«, war sein einziger Kommentar, dann nahm er den nächsten von Rattlers Männern ins Visier.

Karl nickte ihm dankbar zu und verlor keine Zeit. Immer mehr von Rattlers Männern kletterten in die Brücke. Lange würden Winnetou und er die Stellung nicht mehr halten können.

Am Fuß der Brücke entzündeten inzwischen zwei von Winnetous Männern die lange Lunte. Rattlers Männer beobachteten das Ganze entsetzt. So schnell sie konnten, versuchten sie, in der Brücke nach oben zu klettern, um sich in Sicherheit zu bringen.

Karl lächelte. Je mehr von ihnen flohen, desto größer war seine Chance, das zu tun, wozu sie hergekommen waren: die Brücke zu sprengen und die Eisenbahngesellschaft dazu zu zwingen, die Schienen woanders entlang zu legen. Er suchte Winnetous Blick, doch dieser schüttelte den Kopf und deutete hektisch auf einen Punkt hinter Karl.

Karls Kopf fuhr herum. Gerade noch rechtzeitig. Rattlers Männer mochten sich in Sicherheit bringen, aber er selbst nicht. Rattler hangelte sich eilig immer tiefer, und Karl ahnte, was er vorhatte. Rattler fixierte den Knotenpunkt der Lunten und zückte ein Messer. Würde er die Zündschnüre kappen, bevor sie Feuer gefangen hätten, bestünde eine Chance, dass die beschädigte Brücke standhielt.

Schnell zog sich Karl auf die nächste Ebene. Das konnte er nicht zulassen! Er kletterte Rattler entgegen. Doch

Rattler war inzwischen offenbar so wütend, dass er weder seine eigene Sicherheit noch die der Brückenkonstruktion bedachte. Er legte an.

»Runter von meiner Brücke!«, schrie er und schoss.

Zuerst fühlte Karl den Einschlag der Kugel kaum. Erstaunt sah er auf seine Schulter. Sein Hemd färbte sich rot. Der Schmerz kam verspätet, aber mit solcher Wucht, dass er das Gleichgewicht verlor und stürzte. Im letzten Moment gelang es ihm, nach einem Holzbalken zu greifen. Stöhnend klammerte er sich fest und biss die Zähne zusammen.

Rattler näherte sich mit gezücktem Messer. Er grinste siegessicher. Karl konnte nichts tun. Hilflos baumelte er über dem Abgrund. Seine Schulter brannte wie Feuer und die alte Narbe über seinem Herzen pochte im Rhythmus seines Herzschlags. Er dachte an Nscho-tschi. Wie sie ihn gegen jede Erwartung gesund gepflegt hatte. Wie sie ihre Fingerspitzen rund um die Pfeilwunde gelegt hatte. »Die Götter glauben an Old Shatterhand«, hatte sie gesagt. Vielleicht hatten die Götter ihn damals verschont, damit er nun hier sein konnte. Auch wenn er nicht überleben würde. Rattlers fieses Grinsen sagte alles. Er musste nur zustechen, zweimal, und Karls Hände würden sich wie von selbst von dem rettenden Balken lösen. Vielleicht war das der Preis. Wenn er Rattler lange genug standhielt und ablenken würde, konnte sein Plan immer noch funktionieren. Die Brücke würde in sich zusammenfallen. Sein Tod hätte einen Sinn. Karl spannte die Muskeln an. Rattler hatte ihn erreicht und hob die Klinge.

Karl schloss die Augen. Was auch immer geschah, er wollte auf keinen Fall, dass Rattlers fieses Grinsen das Letzte war, was er sah. Er dachte lieber an Nscho-tschi und ihre schönen Augen.

Ein dumpfes Geräusch ließ ihn aufhorchen. Karl sah nach oben. Winnetou stürzte sich auf Rattler. Und dabei kannte er keine Gnade. »Mein Vater wird aus den ewigen Jagdgründen zusehen, wie du stirbst«, zischte Winnetou Rattler ins Ohr, während er ihm das Messer aus der Hand schlug und Rattlers linke Schulter damit an die Brücke nagelte. »Und er wird lächeln.« Damit zückte Winnetou sein eigenes Messer und trieb es durch Rattlers rechten Arm ins Holz.

Rattler wimmerte. Winnetou griff nach Karls Handgelenk und zog ihn hinauf in die Brückenkonstruktion. Karl ließ sich erschöpft zurücksinken und sah seinen Freund an. Auch Winnetou atmete schwer. Die letzten Tage und Stunden hatten ihnen viel abverlangt.

Sie hörten ein Zischen in der Ferne, das sich schnell näherte. Winnetous Männer hatten getan, worum ihr Häuptling sie gebeten hatte: Sie hatten die Lunten entzündet. Der letzte Knotenpunkt brannte lichterloh, die Flammen fraßen sich nach oben. In wenigen Sekunden würde hier alles in die Luft fliegen. Karl folgte den Flammen mit großen Augen. Dann drehte er sich zu Winnetou um. Sein Freund streckte Karl eine Hand entgegen und wartete, bis er einschlug.

Karl nickte. Er bedauerte nichts. Sie hatten gekämpft, sie hatten etwas riskiert, sie hatten ihr Leben aufs Spiel gesetzt. Doch das war es wert gewesen.

»Es war mir eine Ehre, Winnetou!« Karl lächelte ihn an, während er seine Hand schüttelte.

Winnetou nickte Karl zu und zeigte auf den Fluss in der Tiefe. Karl verstand. Eine kleine Chance hatten sie noch. Und vielleicht würden die Götter bei diesem Wahnsinnssprung mit ihnen sein.

Karl und Winnetou stießen sich gleichzeitig von der Brücke ab und sprangen weit nach vorn. Hinter ihnen detonierte die erste Ladung Dynamit und riss die Brücke entzwei. Rattlers »Scheiße!« war das Letzte, was Karl hörte, dann rauschte die Luft in seinen Ohren, es detonierten weitere Dynamitstangen, und das blaugrüne Wasser des Flusses kam so schnell näher, dass er keinen einzigen klaren Gedanken mehr fassen konnte.

Karl sah nicht, wie die Brückenkonstruktion hinter ihm für einen Moment zitterte und dann komplett in sich zusammenfiel. Er hörte die Explosionen nicht, die sogar Roswell erschütterten. Er ahnte nicht, dass sich die Leute dort erschrocken ansahen und es nur einen einzigen Menschen gab, der begriff, was dieses Geräusch bedeutete: Tangua. Er hob seine Schnapsflasche in den Himmel und lächelte.

Karl sah auch nicht, wie Bancroft nach dem Einsturz der Brücke aus dem sicheren Tunnel herauskam und sich mit großen Augen umsah. Wie sollte er das nur den Aktionären erklären?

Seine Frau tobte. »Du kannst froh sein, wenn dir die Eisenbahngesellschaft jetzt noch einen Job als Zugschaffner anbietet«, zischte sie und starrte auf die zerstörte Brücke. Ganz offenbar sah sie ihren Traum von der 5th Avenue in Rauch aufgehen.

Nur der Reporter war begeistert. »Was für eine Story!«, rief er erfreut und richtete seine Kamera auf die zerstörte Brücke. »Ich sehe den Artikel schon vor mir: Indianer sprengen Brücke und stoppen Eisenbahnschienen durch ihr Land. Das wird die größte Schlagzeile seit Erfindung der Glühbirne!«

Doch zu den gewinnbringenden Fotos kam er nicht mehr. Bancroft holte aus und schlug den Reporter k. o. Er hatte sowieso nichts mehr zu verlieren.

KAPITEL 24

Karl saß neben Winnetou im Kreis der Apachen. Der Versammlungsort war mit Fackeln, Federn und Fellen geschmückt. Männer und Frauen tanzten um das Feuer in der Mitte. Karl beobachtete ihre Bewegungen. Das Ritual gefiel ihm. Eine Tradition, die er nicht kannte, die aber genau das ausdrückte, was er empfand: Dankbarkeit. Dankbarkeit dafür, dass sie ihren Plan erfüllt hatten, dafür, dass möglichst wenige dafür ihr Leben hatten lassen müssen und viele zurückgekehrt waren.

Etwas außerhalb des Kreises stand Sam und lächelte. Er nickte im Rhythmus der Trommeln. Winnetou hatte ihm als Gegenleistung für sein mutiges Einschreiten auf der Brücke seinen Skalp zurückgegeben. »Du hast deine Schuld gegen Apachen beglichen«, hatte Winnetou gesagt. Sam fuhr sich vorsichtig über den Kopf. Es fühlte sich ungewohnt an, so ganz ohne Biberfellmütze, aber mit einer Perücke, die ihm einmal selbst gehört hatte. Doch er würde sich nicht beschweren, er war Winnetou dankbar. »Wie sehe ich aus?«, hatte er gefragt. Winnetous Antwort – »Besser!« – war zwar nicht gerade ein wortreiches Kompliment gewesen, doch Sam reichte das völlig aus.

Während Sam seine Haare zurückbekommen hatte, hatte Karl sich von einigen getrennt. Sein Gesicht war glatt, er hatte sich den Schnurrbart abrasiert.

Winnetou beugte sich zu Karl und deutete auf sein Gesicht. »Besser ohne Gestrüpp!«

Karl musste lachen. Doch schon bei Winnetous nächstem Satz wurde er wieder ernst. »Wohin dein Weg nun gehen?«

Wenn er das nur wüsste! Roswell war ebenso wenig eine Option wie New York oder Sachsen.

Karl zuckte mit den Schultern. »Ich habe keine Ahnung!«

Winnetou schien das nicht zu erstaunen. »Du können bleiben bei uns«, schlug er vor. »Old Shatterhand immer Freund von Apachen.«

Karl wusste Winnetous Angebot zu schätzen, aber so richtig konnte er sich nicht vorstellen, wie sein Leben dann aussehen sollte. Auch wenn Winnetou ihn zum Ehrenapachen erklärt hatte, er war kein Indianer. Er kannte kaum eine ihrer Traditionen oder die Hintergründe ihres Glaubens. Und selbst wenn er in den letzten Wochen erkannt hatte, dass er froh war, noch an mehr glauben zu können als an die menschliche Vernunft, so ganz würde er hier nie zu Hause sein.

Nachdenklich blickte er auf die Tanzenden. Eine Indianerin streckte die Hände nach ihm aus, aber er wehrte freundlich ab. »Ich tanze nicht.«

Winnetou verdrehte die Augen und gab ihm einen Stoß in die Seite. Karl blieb nichts anderes übrig, er ließ sich hochziehen. Sein Indianerbruder hatte recht, warum eigentlich nicht? Er hatte keine Ahnung, was morgen kam, da konnte er wenigstens einmal mit seinen Freunden tanzen.

Er kopierte ihre Bewegungen und tanzte im Kreis. Je mehr Schritte er schaffte, desto sicherer wurde er. Und selbst wenn er sich ganz und gar ungeschickt anstellen sollte, es machte ihm nichts aus. Heute Abend ging es schließlich darum, einen Sieg zu feiern.

Die Sonne verschwand hinter den Bergen, nur noch die Flammen warfen Licht auf die Gesichter um ihn herum. Auf der anderen Seite der Feuerstelle tanzte Nscho-tschi. Sie schien völlig in der Musik aufzugehen.

Karl musste einfach zu ihr hinsehen. Dieses Bild wollte er sich einprägen und immer bei sich tragen. Der Gesang um ihn herum geriet in den Hintergrund, während er Nscho-tschi weiter beobachtete. Plötzlich hob sie den

Kopf, als hätte sie seinen Blick bemerkt. Sie lächelte ihn über die Funken des Feuers hinweg an. Karl lächelte zurück und tanzte einige Schritte in ihre Richtung. Wo auch immer es ihn hinverschlagen würde – genau daran wollte er sich erinnern.

WINNETOU
DAS GEHEIMNIS VOM SILBERSEE

Leseprobe

208 Seiten., €/D 9,99

Der verrückte Mexikaner El Más Loco will den legendären Schatz der Apachen im Silbersee an sich reißen. Er überfällt Winnetous Stamm und nimmt Nscho-Tschi, Winnetous Schwester, als Geisel, denn sie kennt den Weg zum geheimen See. Was der Mexikaner nicht weiß: Winnetou und Old Shatterhand sind ihm bereits dicht auf den Fersen...

Begleite Winnetou auf den folgenden Seiten ...

KAPITEL 1

Langsam erhob sich die Sonne hinter der kahlen Bergkuppe am Horizont und tauchte die Prärie in goldenes Licht. Wind strich über die langen Grashalme. Eine Herde wilder Mustangs graste zwischen den Halmen. Es waren prächtige Tiere. Unter ihrem glänzenden Fell sah man das Spiel der Muskeln. Hin und wieder schnaubte eines der Pferde, ging ein paar Schritte und graste weiter. Ein besonders schönes Tier, ein gescheckter Hengst, hob seinen edlen Kopf, stellte die Ohren auf und lauschte. Seine Nüstern weiteten sich. Er witterte.

Karl hielt den Atem an und presste sich auf den noch von der Nacht kühlen Prärieboden. Neben ihm lag Winnetou, der Häuptling der Apachen. Auch er verhielt sich still, um die Pferde nicht aufzuscheuchen. Die Freunde waren bereits seit dem ersten Morgengrauen den Spuren der Herde gefolgt. Der Hengst senkte den Kopf, um weiterzugrasen. Die Mustangs waren allesamt prachtvolle Pferde, doch Karl waren sofort zwei aufgefallen, die die anderen Tiere an Größe und Kraft noch übertrafen.

»Die beiden Gescheckten«, flüsterte Karl.

»Gute Wahl! Zwei Brüder!« Der Apache warf einen prüfenden Blick durch die Grashalme zu der Herde. Dann nickte er und flüsterte: »Old Shatterhand von Osten anschleichen, ich von Westen.«

Karl nickte. Er hatte verstanden. Er lebte jetzt seit acht Wochen im Dorf der Apachen. Seit er ihnen geholfen hatte, die Eisenbahnbrücke, die durch ihr Gebiet gehen sollte, zu sprengen, war er ihr Gast. Die Apachen hatten Karl den Namen Old Shatterhand gegeben, weil er mit einem einzigen Fausthieb selbst den stärksten Mann zur Strecke bringen konnte. Karl war der Name am Anfang ein wenig peinlich gewesen. Er war eher ein zurückhaltender, wenig prahlerischer Mensch. Doch für die Apachen war es der Name eines Kriegers. Und nach und nach hatte Karl sich an den Namen gewöhnt. Ja, auf gewisse Weise erfüllte er ihn sogar mit Stolz.

Jetzt drückte er sich vom Boden hoch, um sich den Tieren zu nähern.

»Old Shatterhand«, warnte Winnetou, ohne den Blick von den Mustangs zu lassen, »langsamer! Ihr Weißen immer in Eile!«

Karl verstand und verlangsamte seine Bewegungen.

»Old Shatterhand!«

Was war jetzt schon wieder? Fragend blickte er seinen Freund Winnetou an.

»Pferde gute Ohren!«

»Sonst noch was?«

»Du weniger reden!« Winnetou drückte sich aus dem Liegen hoch und verschwand erstaunlich leise zwischen den hohen Halmen.

Karl versuchte, es dem Häuptling gleichzutun. Er hatte in den letzten Wochen viel von Winnetou und den anderen Apachen gelernt. Nahezu lautlos konnten sie sich durch die Prärie bewegen. Für ihre Art zu jagen, war das wichtig. In Karls Heimat gehörte Anschleichen nicht zu den Dingen, die man können musste. Seine neuen Freunde hatten ihm gezeigt, wie er sich bewegen sollte. Und mittlerweile war er eigentlich gar nicht mal so schlecht darin.

Vorsichtig schlich er um die Herde herum. Schließlich war er bis auf wenige Meter an die Tiere herangekommen. Er hörte, wie sie mit ihrem Schweif die lästigen Fliegen vertrieben und wie ihre Zähne das frische Gras zermalmten. Er sog die Luft ein. Unter den Geruch warmer Erde, frischen Grases und wilder Präriekräuter hatte sich jetzt auch der Duft der Mustangs gemischt.

Karl atmete tief durch, dann sprang er auf, wirbelte das Lasso über dem Kopf und schrie wild.

Erschrocken blickten die Pferde auf, drehten ab und stoben in die andere Richtung davon. Dort sah Karl seinen Freund. Auch er hatte sich aufgerichtet. Der Häuptling der Apachen war nur mit einer mit Fransen besetzten Hose aus weichem Leder und Mokassins bekleidet. Seine schwarzen Haare fielen lang über die Schultern, eine einzelne Feder eines Adlers schmückte sie. Winnetou behielt den gescheckten Mustang im Auge, hob das Lasso über den Kopf, lief ein paar leicht federnde Schritte neben dem Tier her und warf ihm das Lasso über den Kopf.

Der Hengst bäumte sich laut wiehernd auf und wehrte sich mit aller Kraft gegen das Seil um seinen Hals. Doch der Apache stemmte sich mit beiden Füßen in den Boden und hielt das Lasso fest. Schließlich wurde das Tier ruhiger. Vorsichtig näherte sich Winnetou dem Hengst und streichelte seinen Kopf, während er beruhigend in der Sprache der Apachen auf ihn einredete. Schließlich trat der Häuptling neben das Pferd, drückte sich vom Boden ab und schwang sich auf den Rücken des Tieres. Erschrocken über die unerwartete Last sprang der Mustang mit allen vieren gleichzeitig in die Luft, galoppierte eine paar Schritte und bockte. Aber er wurde den Reiter nicht los. Staunend beobachtete Karl das Schauspiel. Es dauerte nicht lange und der Apache kam zu ihm herübergeritten. Winnetou hatte den Kampf gewonnen.

»Old Shatterhand sehen? Mustang fangen Kinderspiel!«

Er bedeutete Karl mit einer Kopfbewegung, sich hinter ihm aufs Pferd zu setzen. »Steig auf, du nehmen Bruder!«

»Lass mal«, Karl wich Winnetous Blick aus. Er gab nicht gern auf. Aber ein Ritt auf einem ungezähmten Mustang? »Ich werde mir das Genick brechen«, sprach er schließlich laut aus, was ihm durch den Kopf ging.

Doch das ließ Winnetou nicht gelten. Er lachte. »Nscho-tschi machen dich wieder lebendig.«

Unwillkürlich glitt Karls Blick an sich hinunter. Immer noch trug er den zerschlissenen Anzug, mit dem er vor einigen Wochen, die ihm mittlerweile wie eine halbe Ewigkeit vorkamen, sein neues Leben in Amerika begonnen hatte. Das Hemd hatte ein Loch. Es stammte von einem Pfeil, der Karl schwer verletzt hatte. Nscho-tschi, Winnetous Schwester, hatte ihn gesund gepflegt. Aber sollte er sein Glück ein zweites Mal herausfordern? Er sah seinen Freund an. Plötzlich erkannte er, dass es hier nicht einfach nur um das Einfangen wilder Mustangs ging. Sein Freund Winnetou forderte ihn heraus. Er wollte wissen, wie er sich schlug. Wildpferde zu fangen und zu zähmen gehörte von jeher zu den wichtigen Fähigkeiten, die ein Krieger beherrschen musste. Winnetou wollte wissen, was in ihm steckte. Karl gab sich einen Ruck, griff nach der ausgestreckten Hand des Apachen und schwang sich hinter ihm auf das Pferd.

Mit dem Druck seiner Schenkel trieb Winnetou den

Hengst an. Gemeinsam flogen sie im Galopp über die sanften Hügel der Prärie. Es dauerte nicht lange und sie hatten den zweiten gescheckten Mustang eingeholt. Immer näher schoben sie sich an den wilden Hengst heran. Karl schwang sein Lasso über dem Kopf, ließ es durch die Luft sausen und beobachtete, wie es sich über den Kopf des Pferdes legte. Seite an Seite rasten sie nebeneinanderher. Er musste es wagen und im Galopp die Pferde wechseln. Er beugte sich weit hinüber, packte mit beiden Händen in die kurze Mähne, ohne das Lasso dabei loszulassen, und versuchte, sich hinüberzuziehen. Doch er zögerte einen Augenblick zu lang. Das Pferd schwenkte nach rechts, eine Lücke tat sich auf. Karl rutschte zwischen die beiden Tiere. Er stürzte, behielt das Lasso aber nach wie vor fest in der Hand. Der Mustang schleifte ihn über den holprigen Boden. Er bekam Erde und Gräser in den Mund, Staub brannte in seinen Augen. Schließlich kam Karl auf die Beine, stemmte sich gegen den Widerstand des rasenden Pferdes und hielt das Seil so, wie er es bei Winnetou beobachtet hatte. Doch was bei dem Apachen wie ein Kinderspiel ausgesehen hatte, war alles andere als das. Der Mustang kämpfte um seine Freiheit. Und Karl hielt dagegen. Seine Finger waren taub von der Anstrengung. Seine Armmuskeln brannten. Immerhin schien auch der Mustang müde zu werden. Langsam ließen die Ausbruchsversuche des Wildpferds nach. Doch gerade als Karl tief Luft holte und Hoffnung schöpfte, warf sich der Mustang ein letztes Mal mit aller Kraft in das Seil. Mit einem Knall zerriss es. Karl fiel rücklings auf den Boden, der Mustang wieherte und galoppierte davon.

Winnetou, der das Spektakel aus einiger Entfernung beobachtet hatte, kam zu seinem Freund geritten, sprang vom Pferd, reichte Karl die Hand und zog ihn auf die Füße. Anerkennend lachte er und sagte: »Nicht schlecht für ersten Versuch.«

»Wie bitte?« Das Dröhnen seines Schädels ließ Karl daran zweifeln, ob er seinen Freund richtig verstanden hatte. »Danke. Mir reicht's! Wenn ich ein Pferd brauche, kaufe ich mir eines beim Pferdehändler.«

Aber der Häuptling der Apachen war unnachgiebig. »Seit wann Shatterhand aufgeben so schnell?«

Karl biss die Zähne zusammen. Drehte den Kopf hin und her. Das Genick schien noch nicht gebrochen. Er atmete tief ein: »Na gut, schlag den Gong zur zweiten Runde!«

Das Lagerfeuer knisterte gemütlich und strahlte wohltuende Wärme ab. Stöhnend ließ sich Karl auf den Boden sinken. Alles an seinem Körper war ein einziger Schmerz. Er konnte nicht einmal sagen, wo dieser Schmerz anfing und wo er aufhörte. Blaue Flecken, Blutergüsse, Schrammen, getrocknetes Blut und brennende Muskeln waren der Lohn dieses Tages. In seiner Heimat hatte Karl im Verein geboxt. Er konnte einiges wegstecken, aber so zerbeult wie heute hatte er sich selbst nach den wildesten Kämpfen nicht gefühlt. Und trotz aller Mühen war ihm der Hengst jedes Mal entwischt.

Hinter ihnen graste friedlich der Mustang, den Winnetou gefangen hatte.

Der Häuptling ließ sich neben seinem Freund am Feuer nieder. »Du hast ehrenvoll gekämpft. Wilder Mustang dich nie vergessen.«

»Ich ihn auch nicht!« Die Freunde blickten sich an und brachen in Gelächter aus. Bis Karl aufstöhnte, weil die geprellten Rippen beim Lachen zu sehr schmerzten.

Winnetou blickte zu den Sternen hinauf. »Herbst nah. Bald wir Sonne verabschieden.«

»Ja, das war ein herrlicher Sommer.« Karl seufzte. Plötzlich wurde ihm das Herz ganz schwer.

»Viele liegen noch vor uns.« Winnetou schob einen Stock ins Feuer. Funken flogen auf. Winnetou spürte, dass sein Freund traurig war, und wollte ihn aufmuntern: »Fest der Sommergeister wird dir gefallen. Viele junge Apachenfrauen mit dir tanzen. Im Winter Tipi kalt. Zwei Leiber wärmer als einer. Und Kinder großer Reichtum für Mann.«

Wie viel direkter und zwangloser die Apachen in solchen Dingen waren, schoss es Karl durch den Kopf. In

Deutschland, wo er herkam, tanzte man nicht einfach mit Frauen. Dort folgte alles strengen Regeln und Gesetzen. Man musste auf einen Ball eingeladen werden, musste vorher einen Tanzkurs absolvieren, musste wissen, wie man eine Frau zum Tanz aufforderte und über was man dann mit ihr reden durfte. Er seufzte. »Bei uns Weißen ist das ein wenig komplizierter.«

»Was bedeutet ›kompliziert‹?«

»Schwierig.«

Winnetou war verblüfft: »Liebe machen für euch Weiße schwierig?«

Karl wand sich. Liebe machen? Das war noch komplizierter als tanzen. Wie sollte er seinem Freund erklären, wie das in seiner Welt ablief? »Wir legen uns nicht einfach so ins Zelt, um unsere … also um unsere Körper zu wärmen. Wir … äh … also … ich … es … ist …«

»Kompliziert?« Winnetou betrachtete seinen Freund verwundert.

Karl nickte. In der Welt, aus der er kam, war es so viel komplizierter. Er seufzte erneut.

»Warum Shatterhands Herz so schwer?«

»Nichts, es ist nichts.« Karl schüttelte den Kopf. Wie sollte er seinem Freund sagen, was ihn seit einigen Tagen bedrückte? Er konnte es ja selbst noch nicht richtig in Worte fassen.

CENTRAL PACIFIC
ESTABL
SILBERSEE
HIMMELSLEITER
APACHEN
SANTA FE
WINNETOUS DORF
EISENBAHN
WASSERFALL
RIO GRANDE
RIO PECOS
OLD SHATTERHAND'S
ALTERNATIVE BAHNROUTE NACH ZERSTÖRUNG
UNITED WE STAND
Map of New Mexico
AND
ARIZONA